人活一生

就要有一口虚心接受死不悔改的倔气

欧阳十三 著

只想做让自己高兴的事

JUST THE WAY I AM

中国文史出版社

图书在版编目（CIP）数据

只想做，让自己高兴的事 / 欧阳十三著 . ——北京 : 中国文史出版社 , 2017.5
ISBN 978-7-5034-9143-6

Ⅰ . ①只… Ⅱ . ①欧… Ⅲ . ①随笔－作品集－中国－当代 Ⅳ . ① I267.1

中国版本图书馆 CIP 数据核字 (2017) 第 070900 号

责任编辑：卜伟欣

出版发行：中国文史出版社
网　址：www.chinawenshi.net
社　址：北京市西城区太平桥大街 23 号　邮编：100811
电　话：010-66173572　66168268　66192736（发行部）
传　真：010-66192703
印　装：北京温林源印刷有限公司
经　销：全国新华书店
开　本：710×1000　1/16
印　张：17.5
字　数：260 千
版　次：2017 年 6 月北京第 1 版
印　次：2017 年 6 月第 1 次印刷
定　价：42.00 元

文史版图书，版权所有，侵权必究。

为什么别人看起来总是过得比你好？

有一段时间，我被这样一个段子刷屏了：

有一个北京人，1984 年为了圆出国梦，卖了鼓楼大街一个四合院的房子，凑了 30 万元，背到意大利淘金。风餐露宿，大雪送外卖，夜半学外语，在贫民区被抢 7 次被打 3 次，辛苦节俭，如今已两鬓苍苍，30 年了，终于攒下 100 万欧元（人民币 768 万元）打算回国养老享受荣华。一回北京，发现当年卖掉的四合院现中介挂牌 8000 万元，刹那间崩溃了……

于是，有人发出感慨：人一生多半是瞎忙！

说实话，我不太能理解这种说法，就好比一个贫民区出来的学子，十年寒窗苦读，最后谋得一份月薪过万的工作，却忽然发现转迁户口后的老家拆迁，同龄人一下获得几百万的拆迁补偿，过上了小康生活，心里顿时失衡，觉得自己之前所有的努力都白费了。

这就是所谓选择不对瞎忙吗？

要知道，早在那些同龄人过着艰辛的生活，看不到任何拆迁获偿时，我们就用自己的知识和努力改变命运了。只是很多时候，命运并不完全掌控在我们自己手中，这部分不被掌控的东西叫运气。

与其抱怨知识不如拆迁补偿，不如好好审视一下我们自己的本心。太多时候我们获得了自己努力得到的一切，却很少心怀感恩，反是轻而易举被那些世俗意义上的成功粉碎了幸福感。

辛苦创业的人，不如别人炒房卖房的投机取巧；努力码字的人，不如人家网红挤乳沟眨眼睛的卖萌。别人总是轻而易举地获得了自己付出很多努力也得不到的东西，这些想想真是叫人沮丧啊。

已经很少有人去思考，自己努力的初衷是什么。就像那个怀着出国梦想的北京人，见识了世间繁华，浸润了异国风情文化，靠自己的劳动获得一份沉甸甸的人生，这样的经历算不算宝贵的财富？

就因为当初卖掉的房子升值了，他的整个人生就都要被否定吗？

我身边也不乏卖了一线城市的房子，跑到山清水秀的小镇隐居的人，只是，他们的隐居心态，多半轻易就被一线城市浮动的房价撩动，丝毫也享受不了当初设想的“闲云野鹤生活”。

在吸雾霾的时候，羡慕别人蓝天白云、暖日鲜花的生活，等真的抱着猫晒太阳的时候，却又眼红一路上涨的房价，觉得平白无故损失了几十万上百万的收入。

这种心态，叫“别人总是过着自己想要的生活”。

要知道炒房的人担着的风险和魄力你不曾看到过，而挨遍千刀万剐，努力节食护肤的网红生活，你也不曾了解，你只是看到了别人得到了什么，却很少有人问他们付出了什么。

有很多读者朋友会通过公众平台加我的微信，他们问得最多的问题是，为什么你可以过得那么潇洒？你正过着我最想要的生活呢！

是啊，我们很多人毕业后为了谋得一个好的工作，在最好的年纪，把那份流浪天涯的梦想深埋下去；又或者结婚生子后，再也不敢提及自己的兴趣爱好或者进修改变计划。渐渐的，我们几乎失去了所有的热忱和期盼，只有在观望别人的生活时，才偶尔想起自己曾经的梦想。

其实我很想说，这个世上，从来没有一条路是好走的。《七月与安生》的电影里面，妈妈对即将远行的女儿说，不管是安定还是漂泊，作为一个女人，每条路都是不容易。只是，作为母亲，她总期望自己的女儿是个例外。

我们都期盼自己是那个例外，我们习惯了在此岸观望彼岸，一边犹豫着如何迈出第一步，一边暗暗艳羡着对岸的生活。许多时候，我们为了过上“别人的生活”，付出了太多代价，最后却茫然无措。

别人工作了，你也急不可待地选择上班；大家都结婚买房了，你也不甘落后；孩子出生后，你又拼尽全力去为孩子争取“别人都有的东西”。终其一生，我们都在追求“别人都有的东西”，却从来没想过，哪一种生活才是我们最想要的。

看《呼兰河传》萧红提到，大部分的人对生活是没有自觉的，他们只是忙忙碌碌地活着，却不知道为什么而活，更没想到自己应该为自己的生活负责。这种人，永远都不知道自己此生要做什么样的人。

他们就好像生活的“傀儡”，这种痛苦在于，总是沉迷于别人“理想的生活”幻觉中，却不曾拥有这种能力过上这种生活。

细想这一年断断续续的思考和整理，以及被迫陷入的人生意外，让自己渐渐清晰，我想成为什么样的人，我想要过怎样的生活。一旦开始找到和靠近这个本我，我们才真正学会跟自己以外的这个世界和平相处与对话。

我很少去总结一些警示世人的大道理或者探寻人生的意义何在，这不是自己擅长的，也是我无法去影响别人的，所有观点说出来都是一种偏见。不管看多少道理，我们这辈子走在路上该摔的跟头，一个都不会少。

只是在这个记录过程中，渐渐明晰本我的面目。这就是文字对于我的意义吧！

回到朋友最初的问题，不只是他，更多人都有这样的疑惑，为什么别人看起来过得都比自己好？为什么别人总是过着自己想要的生活？

也许，看不到自己和看不清别人，才是最重要的原因吧！

你所羡慕的自由职业并不是那么一回事，你所幻想的文字工作者，也不过是一个体面的穷人。

我们出于本能选择了自己最合适的路，有些人在这条路上越走越明晰，越走越轻快，有些人却只是急匆匆百无聊赖地往前赶，羡慕着别人的路似乎看起来总比自己的好。

其实，我们眼下走的这条路，我们现在拥有的生活状态，才是真正属于自己的归途，抱着永不抛弃的心态，才不会轻易被外界击破我们内心的平和跟幸福。

在这条路上，我总是肆无忌惮地去做所有“让自己高兴”的事，很少考虑它是否符合主流意义上的“值得”，但是这种看起来毫无章法的出击，渐渐也让我把路越走越宽。

你看，原来每个人的生活都很不易，现在我把那层美化的皮面撕开，闯入别人生活秀的后台看看真相，确认那是不是真的就是你所期盼的生活，就是我今天写文的意义吧！

希望你，过得像别人看起来那么好呢！

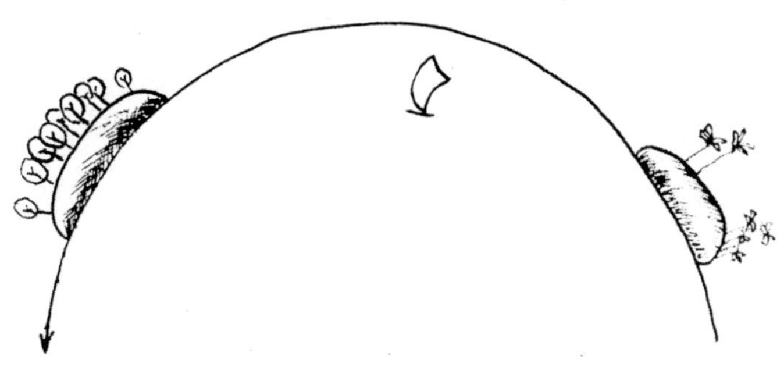

遇见自己

借朋友之口，看见自己另外一个样子，

让你知道，在后面与你对话的，是一个怎样的我。

序

谁若敢伤她，我必提刀来见

文 / 苗二

《穹顶之下》逐渐降了温，不再像发布当周那样火热。关于柴静和雾霾，大V们各执一词，网民在不同的队伍里唇枪舌剑。

不过没关系，柴静发布《穹顶之下》，已然完成了任务。接下来的论战与交手，将是不可磨灭的蜕变过程。尽管数据会有错、技术分析不到位、环保举步维艰，也断不能缺了柴静这样的人。

说到这，我忍不住摇头，笑自己所逞的一时之勇。向来不谈国事的我，竟也为柴静与人争论了一番。我没有论新闻人的操守，也没有论公知的职责，更没论一个母亲的爱，这些我不懂。我知道的，只有“个人的执念”。

因为我身边，就真的有这样一个人，明知难为亦去为，虽会出错、会害怕，却不止步，默默做出成绩，等那些人闭嘴。这人便是欧阳。

欧阳差点就160cm，明明很矮，却喜欢铁肩担道义。当她还在读书时，就参加了武术协会，每天跟一帮糙汉子扎马步，练体能，南拳北腿，总想着哪天能行侠尘世，仗剑江湖，路见不平一声吼，该出手时就出手。只是协会是学校的协会，露脸常常限于节目表演。

大学时候读新闻，她又想以记者的身份，当共和国一把锐利的剑，杀伐污垢，荡涤尘埃，肃清这世间的不仁。为此，她数次以柴静为研究对象，与小伙伴自费走访各大火车站，私询弱势群体，拿出了鲜活有力的救助站调查报告。

等走入工作岗位，她逐渐发现机构的弊端，不愿再做什么喉舌，决意出走，离开这令人心碎的圈子。

头次见她时，她刚剥掉新闻人的身份，仗着写过一些新闻策划，来到她全然不懂的地产影视行业做策划。当我注意到她时，她已在我们办公室待了好几天。这么说有点失礼，但确实是这样，毫不起眼的小姑娘。短发齐刘海，皮肤黑黑的，体型不算胖，却结实有力，因为个头不高，显得壮壮的。像我这种慢热型的人，很难跟谁快速形成伙伴，这姑娘倒是勤学好问，熟络后更是下了狠劲。加班熬夜就算了，吃住几乎全在公司，座位上除了备着牙刷牙膏洗面奶，连沐浴液都有。幸好是夏天，女厕有水管，她在早上大家上班前冲冷水澡，换上朋友送来的衣服。

令人忧心的是，她一整天里不怎么吃东西，吃一点就跑厕所呕吐。东西写不出来，她急得掉眼泪，问我她是不是很蠢。我看着她重重叠叠的眼袋黑眼圈，升腾起一股愤怒。做广告这一行，或者随便做哪一行，在深圳，谁都如此加过班，熬过夜，但玩命至此，都要呕血了还问我自己是不是很蠢，我难掩悲伤。

不久以后，她辞职走了，我甚至不记得她哪天走的，为什么走的，总之她走了。走前她对我说，以后常联系啊。我说，好。但又补了一句，欧阳，我这个人啊，其实真的蛮冷漠的，高中毕业后丢了高中同学，大学毕业后丢了大学同学，离开上家公司丢了上家的伙伴，我们这一别，可能再也不会见了。她愣了一下，笑道，没事，山不过来我过去。我至今还记得她那一笑，就好像在说"我回家洗个澡就过来"一样。她走后，先是去了一家猎头公司做市场，之后被调去厦门做开拓。再之后，便听说她买了辆自行车，只身去了西藏。

我大吃一惊。西藏那种地方是说去就去的吗，不要提前锻炼身体吗，不要做攻略吗，不要准备好应对各种突发状况吗，一个人去不危险吗。可她就这样去了，还一路上发照片给我。她的自行车伫立在山包上傲视眼前大峡谷的情景，车后座的行囊靠着海拔2488路碑的情景，大桥上金色的阳光打在她身上的情景，藏族小孩穿着大袍子顶着高原红看进她镜头的情景……

我看着这些照片，内心被撼动。我问她带了多少钱出门，她说不多，路上做了点小买卖也赚了点。我再次被震惊到，问她做了什么小买卖。她说，在丽江街头倒卖了一些小礼品，也会经常去逛菜市场，了解当地真正的民风，在德钦钱用得差不多时，发现有些藏民的虫草质量超好，可他们没有出售渠道，正好她认识收购虫草的人……我真想给大爷跪了。

我问她，你这眼睛，究竟是怎么看到这些赚钱机会的。她说，从小逼出来的。她说，去拉萨的路上，原本我是跟着别人的骑行队走的，后来落单被打劫了。

我又大吃一惊，什么！她哈哈笑着说，她告诉那几个打劫的藏民说她身上没带什么钱，只有卡里有300。那人也执着，说我们带你去附近的提款机。欧阳只好随他们去，一边取钱一边说，我是个学生，跟家里闹别扭跑出来的，身上就这么多。那人居然退给欧阳50，让欧阳赶紧回家。我听得一身白毛汗，每年藏地有多少游客奸杀案啊小姐！你不怕吗？欧阳说，所以我觉得我运气太好了，现在想起来也挺后怕的。

她还说，在××路段，她跟着一队人马，遇到了山体滑坡。那天还下着雨，天气奇冷，她感到自己要死了，一位老爷子把她拥入怀中，像保护自己的孙女。她在老爷子的怀里依旧慢慢变冷，预感挺不过这一劫，也不管有没有信号，发短信给姐姐，告诉姐姐她的银行卡密码，让姐姐不要伤心，说，我爱你们，替我吻一吻你腹中的孩儿。还好，他们等到了救援队。

途中，欧阳还遇到一个姑娘，想要与欧阳同行，欧阳拒绝了，每个人体能不同，她不想等来等去。次日这个姑娘坠崖了，欧阳自责许久，至今难以释怀。

后来有次，她发着烧，骑得慢，到达村子的时候已是很晚，还昏昏沉沉的，村口遇到个藏族小哥，她倒在人家背上便不省人事。第二天醒来已是中午，她第一反应掀起被子，还好，衣服还在。那几日，藏族小哥对欧阳照顾得无微不至。小哥汉语不好，让欧阳把想说的话编辑在手机上，一溜小跑找懂汉语的表哥翻译，再把想说的话让表哥编辑在手机上，一溜小跑回来给欧阳看。

这便是冒失得让人掉眼珠子的欧阳所拥有的、让人无比艳羡、更是心生后怕的好运。进藏的人那么多，出事的人一路有，欧阳总是在最危险的关头，遇到真正的善良。泾水清，渭水黄，她却能自由泛舟五湖上，绕过所有危险和不美好，不早也不晚。不得不说，她这些不幸中的万幸，也是实力的一种。

不过世事无绝对，她的种种可歌可泣的故事，总是跟她的衰运是分不开的。

欧阳在进藏途中，除了遭遇打劫、高烧、山体滑坡，还有各种她并未细说的艰难与困苦。那些鼓吹穷游的帖子，她强烈反对。年轻人想吃苦，不代表要用生命做赌注，苦难不值得尝试，苦难就是苦难，不会让人愉悦，只能带来谈资而已。

回来后，她找我们吃饭，一身健康的肤色，一条民族风的裙子，竟让她显出不少女人味，但衰运并未因此远离。

她来找我喝茶，结果被困在电梯里；

小剑组织市内短途骑行，她一路上摔了三跤，还不懂怎么用山地车的变速挡，让小剑强烈怀疑“欧阳真的骑过西藏吗”；

后因审稿长期盯电脑，一不注意便到凌晨四点，她眼压飙升，检查出疑似青光眼，差点失明；

掀开衣服，她身上大小伤疤好几处，腿骨也打过钢板，脸上还缝过针，几乎破相；

连大白天在公交站等个车，也差点被几个陌生男人拽进车里，幸亏当时机智；

前几天，她又摔了一跤，后脑勺撞到桌角致成脑震荡，一吃东西就反射性呕吐；

还有……算了，做痔疮手术这事不提也罢。

但这事还不得不提。

西藏回来后，欧阳非常忙碌。她辞掉了原来的工作，考取了深大的在职研究生。有家杂志社看中了她个人空间里拍的进藏照片，便约她谈合作。欧阳考虑着这个工作的时间可以自由调配，也没计较报酬，答应了杂志社的邀约。由此，她便开始了一三五上班、二四六上课的日子。

欧阳一直想学钢管舞，去年开年时她去报了名。就在这一年里，我眼见着这个壮实的女孩子，一步一步变得窈窕。原本就胸大的她，背部变薄、腰肢变细之后，紧致的身体柔软而富有弹性，整个人焕发出奇异的光芒。也就在这一年里，她从学员变成助教，又从助教变成教练，现在，则从教练便成了合伙人。

就在刚刚过去的“三八”妇女节，她与她的钢管舞教练小燕老师合伙，成立了自己的舞蹈培训机构，并完成了招生。这并不算什么，除了文化公司正常运营着，她在丽江还有入股的一家叫爱情公寓的客栈。这也不算什么，她还借钱给朋友买了华为员工股。

听上去她好像很有钱，我也好奇她究竟有多少钱。她笑，默算了一下说，借出去的都收回来的话，可以买房子付首付了。我倒吸一口凉气，觉得好屌炸天，忘了问可以买哪个地段多少平的房子。

真希望，这就是我要写的全部，但这并不是全部。

欧阳的世界，就像爱丽丝奇遇世界里的树洞，每个洞都通向不同的地方。我见过繁花锦簇，也见过殁草荒原，见过冰山雪谷，也见过世外桃源，每一个世界都有阳光，都有尸骨，有人性凛冽，有佛光闪闪。我知道，她还有更多的地方，只属于她一个人。

写到这里，已是凌晨3:10，草稿字数早已过万。我感到气郁难舒，没有丝毫困意，非常非常多的事，全部流水般倾泻出来。可我写的字，总是吊儿郎当废话连篇，一副油嘴滑舌样。许些东西写出来，没办法继续玩世不恭，只好又大段大段地删除。不是我不想说，只是我不想告诉你们。

新疆暴乱那会，她打电话给我，说她要去新疆了。我问她干吗去。她说，她一个朋友在那里支教，遇到了困难，她要去把她朋友救出来。我把她一顿骂，这节骨眼上跑过新疆干球啊！她不听，跑了过去，结果被挡在新疆门外。

之后事情竟陡转直下，她同学告诉她支教的种种困难，她心一热，问同学要了困境照片，整理出了一个完备的策划案，通过无数重关系，找到狮子会会长的联系方式，向他展示了这个策划案，成功筹得善款，为支教地区建学校。

我一阵唏嘘，感到五脏亏空。欧阳说，你不要以为这事是我一个人做的，中间有非常多的朋友提供了非常大的帮助，过冬物资是车友筹到的，学校重建是跟当地政府部门合作才有的，我在中间起到的作用很小，我不是个大义的人，没见到不会主动去做，见到了，就没办法不管了。

都说人生有三重境界，见自己，见天地，见众生。我们穷尽一生，在“见自己”这一层辗转煎熬，无法获得灵魂的松绑。她却在这三重境界中来回穿梭，像行走在自己的平行世界中，见到不同的自己，见到不同的天地，见到不同的众生。像跑新疆筹善款这类事情，她做过的同类事不胜枚举。

这便是我文章开头说的，我身边的这么一个人，明知难为亦去为，会出错，会害怕、却不止步，默默做出成绩，等那些人羞愧和闭嘴。

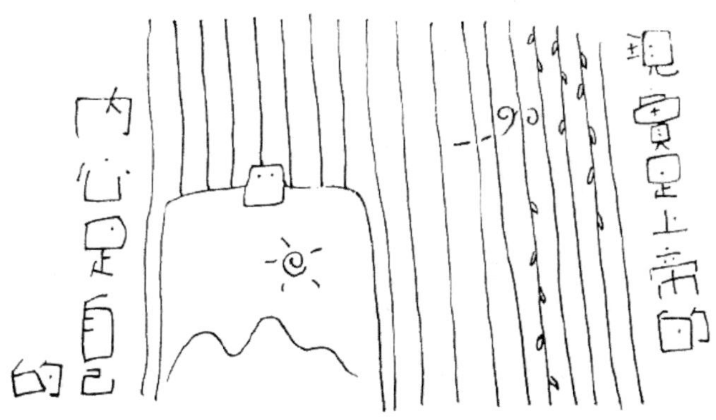

1　第一章　成长是一瞬间的事

我不是个一帆风顺长大的人，用朋友的话来说，我奇特的经历与倒霉的运气分不开。当那些电影里面才有的经历被一个没有主角光环保护的普通人走过来时，只能说心里还有那么点爱在撑着。

171 第四章 嘿，坏女孩！

意识到自己是一个女性（看仔细了，我说的是女性，而不是女生）这个过程有太多的感慨了。一个自卑到自负的女孩，是怎样一点点改变，成为现在这个自己的，我有很多话要说。

215 第五章 我没有你想的那么好

生活跟工作对我来说并没有明确的界限，把每一件事情做到让自己高兴了，就一定会收获我们想要的东西。我既是写作者，也是舞蹈老师，还是健身教练，有可能还会是一个不靠谱的导游，总之，喜欢就是行动。

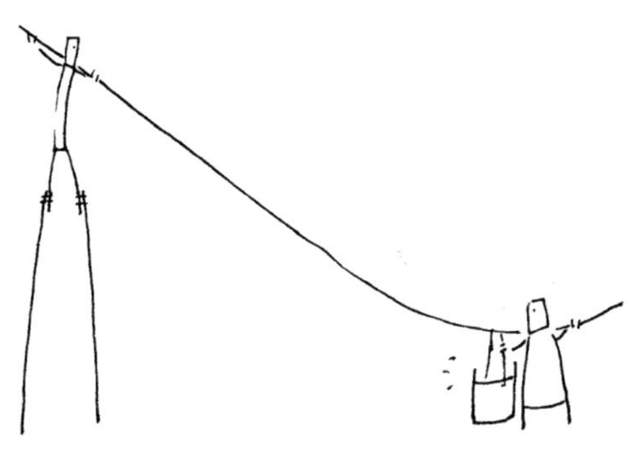

不干蠢事
不耍小聪明

第一章

成长是一瞬间的事

我不是个一帆风顺长大的人，用朋友的话来说，我奇特的经历与倒霉的运气分不开。当那些电影里面才有的经历被一个没有主角光环保护的普通人走过来时，只能说心里还有那么点爱在撑着。

你为什么要读书？

一

在健身房跑步的时候，遇到一个十几岁的小男孩跟我聊天。他说，每天作业堆到看不见明天，期中考试屁股后面追着各种小测试，感觉人生好无趣啊！

我想起自己那段跟书籍考试做伴的日子，笑着点头应和。

他又说，上班才好玩呢，我都打算退学了。

我劝慰，但是不上大学你会很遗憾的呀。

小孩子回我，你上了大学现在也没见得多好啊！

这话太犀利，一瞬间把我堵到无语凝噎，一直到训练结束了，我也感觉闷闷不乐。待回家洗澡的时候，我慢慢整理出自己的思考和答案来（反应总是慢半拍的我呀），读书重要吗？

当然重要了，毫无疑问。

虽然我应该没机会再跟那孩子谈心了，但是我想梳理一下自己的求学经历，不为劝告任何人，权当是给现在的自己一份鼓励吧！

毕竟，上了大学也没见得多好的我，需要给自己一个交代。

二

我虽然算作九零后，家里却是典型的超生团，孩子多了，父母对子女的教育也不是那么上心。何况，那时候小镇上的女孩子，初中就辍学外出打工，甚至谈婚论嫁的不在少数。

我不想嫁人，也没兴趣工作，我唯一想到的就是不用在家待着跟自己的父母相处，学校绝对是个好去处。

等到后来阅读量大起来，对外面世界的渴望就变得十分强烈。我产生第二个读书的目的，离开这里，去到更广阔的世界看看。

然而这需要极大的勇气和毅力。家里没有任何物质或口头上的支持，让我完成自己的学业。那时候我全凭着九年制义务教育的保护，借高年级学长学姐的旧课本，死皮赖脸地读完了那几年书。

三

难吗？真的很难。

我交上去的作业本，是从别人用剩的本子里扯出来的空白纸，钉在一起的；我的考试试卷是自己手抄写，等到发布成绩时自己对照出分数的；学校上边下来各种大小检查时，我就会被临时放个假在外边闲荡一天。

那时候我的小学老师们心眼也就比针眼大一点。“六一”儿童节演出，就因为我买不起那条该死的白裙子，被孤立出所有的群体活动。

也托他们的福，我从来没打过什么毒疫苗，无病无灾地长到现在。

小孩子什么都没有，光剩一颗自尊心，天天被践踏着。

一到开学那几天，我就跟害了一场大病一样，一天到晚低着头，不敢说话，也不好意思去偷觑别人散着书香味儿的新书；更别提家长会之类的了。

那时候学校还没有设食堂，一到中午饭点的时候，打扮得花枝招展的年轻妈妈们就拎着保温杯，等候在学校门口。

下课时，同学们呼啦一下奔过去，叫着妈妈妈妈，喜气洋洋地接过饭盒。

妈妈们在一起比谁的衣服发型好看，谁家孩子考试成绩好。

孩子们在一起，比谁的饭盒里肉多，菜式丰盛。

这种现在回想起来十分温馨美好的画面，对当时的我都是杀伤力百分百的伤害。我父母可是几个月甚至几年都不会露面的。

四

其实，学业压力什么的，对我来说从来不是什么问题，我最难以忍受的是，不得不接受自己跟别的同学不一样的现实，这种不一样就像干了坏事一样让人羞愤。

每天早上背起书包时，我都要思考，继续这种耻辱，还是放弃？

每次，我都选择了继续。

虽然，那背后有无数的委屈和眼泪，可是读书是我唯一的出路。

五

谢天谢地，我的中学老师们，都是一群无私伟大的人民教师，他们把几年来被自卑压得透不过气的我拯救出来。

那时，我终于意识到作为升学率中可以扮演重要角色的自己，还是有价值的。

那真是一段美好的日子，在这个小世界里，一切以成绩衡量。我牢牢站在榜首，为自己赢得了无数的特权，而且也获得了很多勤工俭学的机会。

虽然依旧会掰着手指头为生活费苦恼，但好歹可以自食其力。

六

人在相对舒适和自信的环境里，就会暴露出原本的面目来。

比如我，也是那时候学会了撒谎，爬围墙逃课，网吧通宵游戏，溜冰场里跟着一群小混混抽烟喝酒打群架。

最过分的时候，我喝醉了酒爬到学校三楼护栏上，演了一场惊心动魄的跳楼大戏。待这场风波过去后，我在一个雨夜跳出学校围墙，跑到另外一个城市流浪了一个多月

那时我再次问自己，为什么要上学？

是啊，从来不为我考虑的父母，已经威胁不到我的人生方向了，当我再也不用担心自己会饿死冷死在街头的时候，我为什么还要读书？当初，不就是为了离开那个小地方，过得自由自在么？

七

等我回到学校时，我以为自己会接到退学通知，毕竟，我伤害了一位真正关心和爱护我的老师，他明明知道，表面文静老实的我，做了多少顽劣不堪的坏事。

那位老师，是我生命中的贵人。

他把流浪一个多月像乞丐似的我带回他家里，让师母给我洗了热水澡，换上干干净净的衣服，坐在一大桌热饭菜前，跟他的孩子们一起吃饭，又把书房腾出来，让我住着。

他说，你不要想上课的事，不要想退学的事，你就安安心心住着，我这里有电脑有书，你想干什么都行。

我就窝在小书房里，头一个星期没日没夜地玩电脑，后来很快就没了兴趣，又捧起他的各种书籍看起来。老师的女儿才上小学，喜欢粘着我看小人书，让我帮她辅导作业。

他的父亲，是一位退休的老校长，在学校小山腰上，开辟了一个温室花棚，里面有上百种花草，我傍晚的时候就跟着老人家去花棚里锄草，浇水，听他漫不经心地讲述每一种花草的习性。

八

有一天，老师捧着一个大纸盒子，走到我面前，说，你还想读书吗？

我立在那，倔强地沉默。

他说，这里面是你所有的课本，作业还有复习资料，如果你不想读书了，就跟我一起烧了它们吧！

我依旧不肯出声。

老师哗啦一声，把书倒在地上，点燃打火机，往我作业本凑过去。

等到课本也丢进火堆里的时候，我忍不住放声大哭起来，扑过去把火拍灭，用脚踩，用嘴吹，企图抓住那个就要被我放弃的求学机会。

老师笑了，说，别抢了，这不是你的书。

九

待到高三那年，我全力准备升学考试的时候，这所民办学校的资金出现问题了，老师几个月发不出工资，好几次罢课。很多学生被家长安排转学了。

那位老师，也被调配到其他校区。

我忍不住慌张起来，那时我刚刚想好要考哪一所大学，学什么专业，正憧憬着美好的未来呀！

思考良久后，我写了一封信，给市里另一所实力雄厚的民办学校。里面附上我这几年每个学期的考试成绩单，还有我所谓的“升学率带来校誉”之类的交易说辞。

这封信投出去一个月，犹如石沉大海。

在我几乎绝望丧气的时候，学校派来老师，开着车，把我连人带行李带到主校区了。

原来当时我不知道那所学校有好几个分部，校长也有好几个，信封上我只写了一个某某学校校长收。结果兜兜转转几个月，才到了主校区校长大人手上。

不管怎样，我为自己赢得了一个机会。

拿到大学录取通知书的时候，我已经为助学贷款跑了好多天，但是毫无门路。孤立无助的我，站在献血中心门口，被告知早就没有卖血一说，眼泪忍不住哗啦啦啦往下流。

但我坚信，只要能进了大学这张门，我就能生存下去。

大丫在这个时候义无反顾地选择了让我读大学，全力支持。

后来的日子里，如我所期，把各种奖学金助学金用尽手段拿到手，除了上课就是兼职，我每天睡觉的时间少到可怜，还咬着牙考完了各种证，修完了另外一个专业的课程。

在时间最少的那段日子里，我做了最多的事情。相比现在的时间充裕，我只能干极少的一些事情，而且成绩很不理想，真是挺遗憾的。

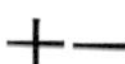

你问我，是不是因为过去的苦难和努力，现在变得好很多了？

没有，我依旧活在底层，为各种生存问题苦恼着。但是读书给了我期待明天的力量，让我知道除了眼下的生活，还会有其他无数的可能。

在没有任何帮助和选择的时候，是读书给了我一条出路，也是唯一的出路。

愚昧的快乐，远及不上深刻的痛苦。

所以，来到人生另一个岔口的我，正在思考下一个读书的机会……

好孩子跟坏孩子
只隔了一个哆啦A梦的距离

一

昨天休息，我选了个动画片，一边放一边开始打扫卫生忙碌起来。片子里面的大雄上课老迟到、考试挂零、被同学欺负、不敢争取自己喜欢的女孩……

他只是太多普通孩子里面的一个，毫无特别可言。在独自整理房间的静默里，这个影片和我互相陪伴。

然后，我毫无征兆地哭了，不能自已。

记不住是大雄跟未来的自己互说信任的时候，还是结束任务即将返回的哆啦坐在地上一边数落他的毛病一边落泪的时候，或者在哆啦努力让大雄获得幸福感的时候，我就已经止不住流泪。

这个片子在我很小的时候就看过，那时我跟无数的小孩一样，希望拥有一个哆啦，在遇到困难的时候都可以大哭着喊“哆啦快来帮我……”

彼时的哆啦在自己心目中是无所不能的，它可以挡在孩子所有的恐惧面前，告诉他不用害怕，一切有我。

一个人的未来有无数的可能，这种可能在他的童年时期就开始显现。年幼时调整方向愈及时，可改变的空间便愈大。

但并不是每一个孩子都像大雄那么幸运，可以遇到改写他人生的哆啦。在孩子时期，我很多时候是活在自己的恐惧里摸爬滚打，靠无数次的自我鼓励和调整，向着一条似乎光亮的方向犹疑艰难地走去。

而这条道路上有太多的未知在等着自己， 无数次，我差点就走入黑暗的深渊，万劫不复。

二

现在经常会看到一些中小学生被同学殴打侮辱的新闻，朋友会用满脸不可置信的表情跟我谈论现在的孩子教育的缺失。

我在心里默默地说，其实，是爱的缺失才对。

那些抚胸调侃“多谢室友当年不杀之恩”的人，也许就是当年你的一点点爱，或者一点点恶，让自己与死神擦肩而过。

我动过的第一个杀念，是对我父亲。

在我以为永远也无法等到自己长大获得自由的漫长童年里，我在他的鞭打辱骂和性骚扰里挣扎着，我所有的反抗只会换来身心上更惨重的伤害。

那个时候，我面临双重压力，来自同龄孩子的歧视和家庭暴力。我的心里种着一颗恶的种子，它在重重恶意的浇灌和无处发泄的隐忍下日益成长，只差最后一个触发点，开出恶之花来。

在每一次被打得遍体鳞伤的夜晚，我抚着火辣辣的伤口，心里一遍遍演习着杀死父亲的计划。

然警察出身的父亲警觉性何其高，我所有的念头只在脑子里闪过就被他洞悉。我们互相防备着，无数次我偷偷倒掉颜色不明的茶水，将卧室门上了一道又一道的暗锁。

三

我每天都会很早去学校，直到天黑看不见路了才磨磨蹭蹭地回家。然而学校只不过比家里好一点点。

大多数的时间我都是在自己的座位上画画看书，不与人交谈，也不愿意加入到任何团体中去。

我不是没有尝试过，但是孩子们那个时候哪里懂得语言的杀伤力，动辄就攻击我不完整的家庭和无法掩饰的贫困。

在这种环境下，我敏感得像一只随时会发起进攻的刺猬，将每一个不怀好意的人狠狠打倒。

在很长时间里，我平均每天都会打一次架。

不管对方是不是强壮高大过我，我都使出全身的力气，那种只攻击不防守的打法让很多人以后都对我敬而远之。

我每次揍到对方哭泣求饶了才松手，然后自己站起来大声哭泣，满腹委屈。他们不懂为什么我赢了还会哭鼻子，其实我对武力深恶痛绝，但是生活中我一次又一次选择了跟父亲一样的方式来对待不公正，我痛恨自己这种行为。

有一次，我把一个教务处主任的孩子揍了，因为他把我每天带到学校埋进座位里偷偷啃当午餐的土豆拿出来示众，说连他家狗都不会吃。

换成现在的我，可能笑一笑就过了，因为我知道每个人的出身和成长环境都不同，这是我们作为小孩无法改变的。

这个男生也许当时并没有我所觉出的那么浓的恶意，纯粹只是把我当成他无数个恶作剧对象之一。

但是一个 12 岁的、内心敏感且充满仇恶的孩子不会明白这些，她最直接的方式就是拳头。

老师狠狠地惩罚了我，并且当着全班同学大声说“你这模样跟你父亲一样，就是个流氓！长大也没出息！”

这个断言太要命了，我被打击得失魂落魄。

那些天我脑子里都是这句话在不停地回响，我觉得自己所承受的痛苦都是罪有应得，因为我本身就是一个不值得被疼爱的小孩。

这样的想法伴随了我很久，对我后来的工作，生活以及感情都产生了很大的影响。当时没有一个人告诉我，老师这句话更多的是带着个人情绪。每个人都是自私独立的个体，即使为人师表他也是有情绪的。

也许他的生活也不怎么遂人意，当自顾不暇又面对一个老是惹祸的小孩时，说话就很难顾及学生的心理感受，而我因为无法排解，便无限放大了这种言语的伤害。

四

那个没有遇到哆啦之前沮丧孤独的大雄，人生不可逆转地走向失败。

但是我没有。

在我以为就要这样跌跌撞撞永远走不出黑暗的时候，总会遇到那么几点善意的荧光，指引我正确的方向。

我遇到过质疑我拿同学钱的老师，也遇到了悄悄为我安排勤工俭学机会、用维护我自尊的方式帮助我的恩师；我遇到过讽刺我除了上课只爱钱、四处兼职没空参加聚会活动的一帮大学室友，也遇到过每天深夜两点从被窝里爬起来为兼职夜班的我开门的好宿管阿姨；我遇到过为了争取实习机会恶意中伤我的对手，也遇到了悉心教导，关心爱护我的前辈。

在我无力改变环境和命运的幼年时期，我庆幸自己还有学习和阅读的机会。在躲避人群的时候，我一头扎进书堆里。

书本向我敞开了另外一个世界，它就像一道光，把我内心阴暗的每一个旮旯照亮，让我看到自己被扭曲的心灵的丑陋。

我也很感激，在同样重压环境下，作为精神领袖的大丫一封又一封的信件，将我土崩瓦解的生活信念重新构筑起来，助我度过人生一个又一个关卡。

五

关于童年成长的很多细节和过往，我现在不愿意再提及。

我一直以为是自己过于矫情，放大了这种个人的不幸，甚至觉得在自己获取巨大的成功之前谈论这些艰辛都是毫无意义的。

但是我成年后的生活并没有因为获得自由而幸福，当我怎么表现得若无其事也没办法看起来像个正常人的时候，我开始反省幼年时候戴上的这个紧箍咒。

我有一个女闺蜜，她从小被父母寄放在姥姥家生活，一直到上中学时才回到父母身边。

在我眼里她是一个非常有灵气又懂得努力的女孩，不管是为人处事还是工作能力都很优秀。

但是即使到她成为独当一面的创意总监，带着一群孩子打拼江湖，或者即将为人母时，她仍然会质疑自己，对自己充满了不自信，习惯性地以一种悲观的思维否定自己。

同时她非常渴求被爱的感觉，就像一个饿坏的孩子，即使已经吃饱了仍然觉得饥饿。

随着交往的深入，我慢慢了解她这段成长史，这种习惯性的自我否定和渴求被爱感其实跟从小被父母“放养”有很大关系。

是呀，她有姐姐有弟弟，为什么被送离父母的是她呢？因为不值得被父母疼爱？是自己表现得不够好？

所以她现在那么努力证明自己却依然不自信，所以她总会觉得心里空落落的没有得到那份爱。

很多时候我们聊天都是这样进行的：她遇到一些问题，但实际已经想好了解决方案，可是仍然对自己充满了不自信；或者她对先生在各种细节上索求爱不得满足的郁闷……

我从各方面讲道理摆事实她都不会相信我，然后我就将自己貌似更惨的际遇说给她听。

长久的沉默之后她会告诉我：“是我太矫情了，我无病无痛的成长了，有一份不错的工作，有一位不算坏的男人陪着我。跟你比，我太不知足。”

我想告诉她，不是这样的，我懂得她这样纠结的心理病因，那是在她幼年时期就种下来了，如果我们不正视它，不懂得自我救赎，它会一直存在。

就像一个掩盖在华服下没有愈合的伤疤，在不适宜的时候浸出脓血。我们很有可能重复上一代的模式，把最不喜欢的样子刻在了自己身上，然后我们的下一代继续复制我们的人生。

六

每一个孩子都是应该被呵护的，可惜到我们长成大人后就忘记了这份需求，失去了应该有的耐心。

并不是每一个人的童年都那么阳光明媚，也不是每一位父母都那么懂得和孩子相处，我们悄悄长大，在一条不甚明晰的路上步步惊心。

有一段时间，因为赶稿我闭门不出一个多月，每天固定叫一家外卖，每次都是同一个黑黑瘦瘦的少年会把外卖送过来。

那天我忙到下午 3 点多才想起没吃早饭，叫了外卖后没多久，少年拎着食盒敲门。

“你今天怎么这个点才吃饭？”少年笑着把外卖递给我。我一愣，好像之前从没跟他说过话，每天昏天暗地不知时日地活在自己的世界里。

我第一次正视这个孩子，微笑着跟他打招呼。

少年转身走时，我发现他身上的衣服湿了，外面瓢泼大雨。我转身从柜子里翻出一把伞追出去给他。

晚上倒垃圾的时候，那把伞跟一个小纸条安安静静地躺在窗台上。

少年告诉我，因为这把伞，他打消了作恶的念头。

我心里猛然一惊，才知道自己跟危险擦肩而过。这么长时间，我从来没有抬眼正视的这么一个普通的外卖少年，因为我无心的一点点善举，放弃了作恶的计划。

七

我想起自己无数次产生极端念头时，那些及时拉回我的点点善意，它们就像以另一种方式出现在我生命里的哆啦，一次次扭转了我的人生，有惊无险地走到了今天。

很多犯了错的孩子，或者长大后变成了恶人的罪犯，多是因为在他们塑造人生价值观的关键时刻，缺少了一个给予他们爱的哆啦，而他们身边又总不缺乏无心播下恶之种的人。

善恶往往在一念之间，如果不能自我消化跟救赎，走偏或走错道路就不是偶然。那些幼年时期种下的病，我们在长大后可能需要用几年甚至几十年的时间一点点纠正它，治疗它。

唯有正视过去，用善意跟自己那些不太美好的过往和解，我们才会有被爱的感觉以及爱他人的能力。

那个曾经渴望有个哆啦 A 梦保驾护航的你，不要忘了，其实长大后的我们就是那个小哆啦啊！

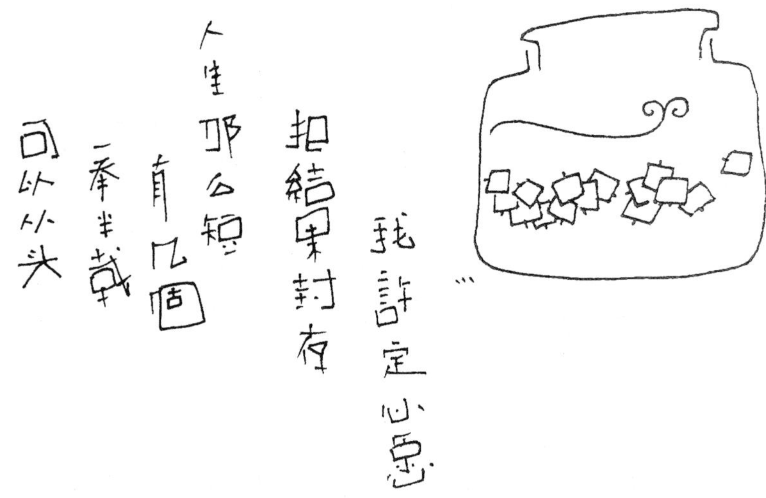

别道歉，别逼着我原谅

上大学的时候，我很老实，努力扮演勤奋上进的好学生形象。

其实我也没时间做其他，白天上课，晚上兼职，每天睡觉的时间不够四个小时，在室友搓麻将看片子的午休间隙，我还得复习各种考证资料书。

这是当时的我摆脱困境唯一的机会，所以分外珍惜，为了这个机会，就算以前的我有多不安分，现在我也会忍住。

然而还是没有忍住，我跟一个学姐起了冲突。

那真是非常小的一件事，不过是女生间排队洗澡时候的口角。这个女生性格古怪高傲，满嘴粗鄙之言不堪入耳，她直接冲过来抓住我领口的衣服踢过来。

出于防卫，我伤了她。

这种情况，换作以前，大家谁也没占理，我也犯不着给人低头认错。

可是我很怕，我怕事情闹大了，我优秀学生的形象毁了，我申请奖学金的机会没了，我勤工俭学的机会没了，学业，也因此受影响。

那样的后果我承担不了。

女生看出了我的怯意，没有父母撑腰，孤身一人在陌生的城市求学，衣着打扮无不显示我的窘迫和无助。

她叫来几个同伴，半夜截住我，极尽侮辱欺凌的手段，下手阴狠，却又看不出伤口。

那时候，我随身带着一把匕首，长期训练力量也不差，如果我愿意，我可以马上还手扭转受辱的局面。

但是那一个多小时里，我连哼都没哼一声，任凭她们殴打撕扯衣服，我默默地忍受，心里甚至在想，打吧，除非今天打死我，否则我一定要让你们付出代价。

我想得很简单，如果现在还手造成伤害，在校园内，我脱不了干系。我绝不能因为这件事影响到自己的学业！

这件事之后，我的心态发生了很大的变化。

我意识到自己并不如原先设想的那般强大，可以独自消化解决它。复仇之心激发了我内心阴暗的那一面，我时常设想着如何在一个合适的时机，用刀子凌迟她们身体的那种快感。

这种设想不仅仅是夜深人静的时候出现，甚至在白天上课工作时候也占据了我的身心。关于报复的手段，我也不再满足手刃仇人这么简单了。

她们不是口口声声贱人婊子地骂吗？应该把她们衣服也扒了，受万人凌辱，再拍下来，寄给她们的父母亲友。

啧啧，想想真是……

变态！

我被自己吓了一跳，意识到问题可能比以往的校园掐架严重得多。

那时候我心里扭曲，除了最好的朋友 ××，没人可以诉说。她知道整个事情的经过，甚至目睹了整个过程，除了陪伴，一样的无力。

我们都有太多牵绊，学业重过一切。

有几次，我经过学校心理咨询室，又默默地退出来。对于不信任的陌生人，我无法寻求帮助。

那时候我很喜欢我们的一个文学课老师，她上课有亲和力，学识渊博，每次下课我都以帮她拿教学设备为荣。

终于有一天，我在邮件里向她吐露心声，寻求帮助。她只回了我几个字，没法帮我，应该找辅导老师。

扑哧！当时我就笑出声，把邮件删了，感觉自己对她的信任真特么像个笑话，现在我已经忘了是哪个老师，姓什么。

我变成跟她一样冷漠和明哲保身的大人了，所以忘记是一种谅解。

现在看当时的自己，真是糊涂。既然选择了要顺利完成学业，就必须淡忘受辱一事，若是无法承受，那就狠狠打回去。可人往往有了自己在意的事情，痛苦就多了。

后来同学知道了这个事，出于集体荣誉感，表示要帮我讨回公道。我知道自己一向都是个独来独往的人，人际关系绝对好不到让人要为我出头的份儿。

所以，我并不热心这个公道。

当上百号人站在那个学姐寝室楼下叫嚣，把她拽到我面前让我扇耳光的时候，我忽然觉得很无趣。不过是用一种恶心的方式，去解决另一件恶心的事。

我觉得无趣到了极点，转身走了。

一群义愤填膺的同学以为我害怕了，我没有辩解，但是事情并没有完。

学姐的个人博客被翻出来了，个人家庭背景身份证号码都被他们人肉出来，她写的那些意淫性爱日记也被贴得到处都是，走在路上也会被人跟踪……

有人问我，要不要把她写的那些淫词秽语寄到她家里？

学姐家乡在贫瘠的小乡村，父母供送她上学已很艰难，而且她快到实习期了，我无力去击打一个原来很弱小的对手，摇摇头说，算了吧！

我不报复她，不是因为宽容，也不是有所顾忌，而是忽然发现，她很卑微，卑微到我没法举起拳头。

后来，参与群殴的一个女孩找到我，跟我道歉，我想笑一笑说没事，可是我做不到。

你跟我道歉，并不是因为真的觉得有愧于我，而是为了让自己好受。这种道歉，我为什么要接受？

我一向不相信有什么正义公道，遇到任何事情的时候，我都知道，我只有自己一个人，只能用我能承受的方式去解决。

不管我在外面做了什么，受了什么委屈，我的父亲大人都是一顿暴揍赐予我，所以“惹事”的小孩没有父母保护；

我在学校受辱，辅导员介入后第一句话就是打探我父母是做什么的，什么职位，没有父母后盾的我，也失去了老师这个护盾；

当同学以暴制暴，让我从一个尘埃里苟且的蝼蚁身上获得报复的快感时，我恶心得只想哭，这个世上的道义和公正令我全身冰冷，灰心丧气。

很长时间，我都是沉默内向的性格，我不知道要怎么对待自己，对待我的处世之道。

成年人的罪行，有法律来裁判，可是学生孩童之间的罪行，却往往一个道歉协调就完事了。

当校园暴力出现时，有太多的人关注施暴者是不是单亲家庭，是不是缺少关爱，是不是有什么童年心理阴影……

然后用“不过是一个孩子！”来开脱，施暴者是值得同情的，因为他们还小什么都不懂，再追究那也是父母的不称职，老师的监护不严，受害者的惹是生非……

难道，犯了错不是事实？

受害者就不会有心理伤害？

犯了错，首先应该接受应得的惩罚，不管原因动机如何。不要急着道歉和原谅，也别逼着受害者去接受他们的歉意，别去恶心人家。

到现在，我也是个锱铢必较的小气之人，我看不顺眼的，拉黑了；惹我的，骂回去；敢动手，跟你拼命。

世上的道义是，我愿意为自己做出的任何事情付出相应的代价。

这个代价，就看我觉得值不值。

有人说，你得感谢过去的苦难和刁难你的人，让你现在变得坚强起来。我很想揍他一顿，这样的话真是荒唐可笑。罪行就是罪行，怎么就变成强大受害者，让她受挫能力提升的好心了？

我感谢那时的自己，没有倒下去。

现在偶尔看到那些校园暴力新闻，我还是会想起当初的自己，我已经走出了寒冬，那些孩子们，能不能撑到春天呢？

但愿，你身后不是空无一人。

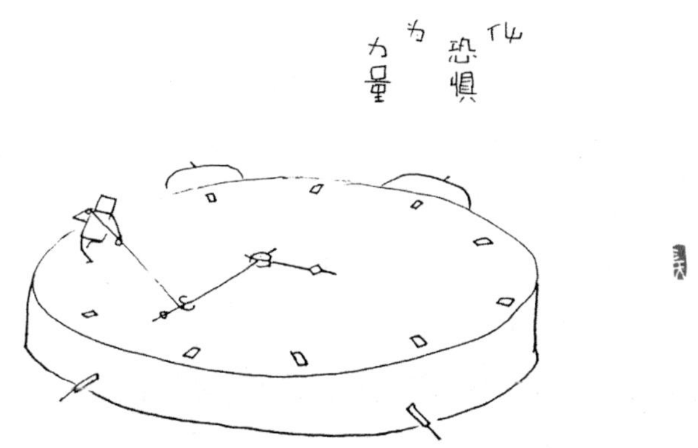

上帝派给你的陌生人

刚来深圳时，我铁了心要进杂志社。

那应该是很多心里边留了点文学梦的人，都有过的执着。

我投简历给一家心仪的杂志社，又是笔试又是口试，终于一路闯关打怪，见到了主编。

他看起来还比较年轻，跟我聊了一会职业相关的内容，忽然话锋一转，飞到了其他星球。

我画着口红的嘴因为说话太多而显得干涩无比；那条墨绿的小包臀裙让我坐得心惊胆战；我努力维持着得体的微笑，挺直了腰杆，大脑却在飞速运转：如何有趣地回答他的问题，又不至于因为说太多暴露出自己的浅薄。

那场面试用了将近三个小时，出来时，底裤都湿了。当然是紧张的。

回家后我一心一意等通知，其他单位的橄榄枝我压根都瞧不上。

后来杂志社又通知我去复试，终试……

每次都是两三个小时，每次都把内衣汗透。

最后，他们终于……没要我。

我难过了好几天，努力回想自己最后一次面试的每个细节，说的每一句话，到底出了什么差错?

直到有一天翻到主编的个人微博：上次来面试的小姑娘是我的学妹，跟她聊天很愉快，让自己回想到当年………真不忍心告诉她，招聘只是社里做推广的一个策略（你看，有时候真不是你不行）。

那时候我已经闲在朋友家一个月了,原本打算找到工作后再租房，现在也不好意思再住下去。

我过滤着网上海量的信息，抄下号码一个人去看房。

为了省掉中介费，我去看的都是直租房。

房主问，你一个人住吗?

我点头。

然后他带我去看卧室，一顺手，就把房门带上了。我不知道是自己当时还太稚嫩的圆脸蛋让他突生了邪念，还是那天穿错了紧身T恤。

他一把将我推倒在床上，我吓得大脑蒸发了，不敢动也喊不出来，甚至不知道自己应该是什么反应。

反正就是，我被吓傻了。

那个男人使劲扯我衣服，勒得胸口一阵闷痛，我的魂魄因为这阵疼痛回来了。

那是为了上班新买的衣服，我心疼地想，肯定是破了。

一阵愤怒涌上头顶，连带着面试时受到的戏谑，被我用指甲，用牙齿发泄出来。

这股凶狠的劲吓到了他，男人手松了。

等从房间里逃出来时，我发现自己全身都在发抖，牙齿乱颤，衣服被撕得破破烂烂，内衣带子的一边也断了。

我一边整理自己，一边忍不住掉眼泪。越想越难过，到最后是完全不顾旁人地放声大哭起来，感觉全世界都在欺负我。

可是我哭不出来，那句受委屈后的自我安慰：我要回家……

我特么没地方回家。

我走在深南大道上，车来车往，行人如潮，迈出去的每一步都是机械的，眼泪干了又湿了。

“你在哭？你怎么了？”

一个小姑娘站在我跟前，仰着脸蛋看我。

我泪眼模糊地看着她，因为这句话又流下更多眼泪。

如果我能穿越时空，我会看到当年的自己，在一个刚齐我腰的小姑娘面前哭得稀里哗啦，她们留着一样的齐眉刘海。

我看到那个小女孩，把手里的气球递给她，一只红色印着笑脸的气球。

然后她们挥手再见，那个哭得溃不成军的傻妞，一脚一脚地走回去。

后来在深圳慢慢立足，有了自己的朋友圈，工作也有了很大的起色，我几乎忘掉眼泪的滋味。

我每天眉开眼笑，走在路上精力充沛，仿佛随时都会跳起来跑起来，我觉得自己每一颗细胞都是预备赛跑的姿态。

然后我又被狠狠地摔了下来。

跟朋友合资创业被坑，几年的积蓄全没了，连带着，积蓄起来的信仰。

我眼睁睁地看着曾经称兄道弟的朋友，一步步把我逼到毫无反抗的余地，除了震惊还是震惊。

怎么会这样？

那个时候，我已经不再是不知归路的少女，但房子只安放了我的身体，心迷了路。

我默默地走在路上，等觉察时才发现自己泪流满面。隔了几年，我又一次在大马路上哭得不能自已了。

曾经安慰过我的小天使，化作老妪再次出现在我面前，她手里拿着没有烧完的纸钱。

“别哭，孩子。走路上哭呛了风会肚子疼。”

“我儿子死的时候，我也以为我这辈子的眼泪都流不完了。他就是在这条马路上被车撞死的。”

“可是，你看现在我还是好好地活着，都10年了。没什么大不了的。擦干眼泪回家吧！”

我一哭得厉害就会咳嗽，会呕吐，我怕肚子疼，所以我没哭了。

再后来，我失恋了，坐在公园椅子上流泪，拎着电脑包创业失败的大叔走过来，说，我也好多委屈，我也想哭。

然后我们痛痛快快地哭了一场，抖干净霉气，各自道别，重新出发走上战场，一点都不怯弱。

刚来北京时，我也曾走在大雨淹没的马路上，眼泪成串往下掉；夜里想念失去的亲人时，会抱紧自己咬着嘴唇无声地哭……

是那些陌生人温暖的话语和拥抱，让我渐渐镇定下来。

现在，我已经越来越少哭了。

那些眼泪滋润过的力量，已经在心里生了根，发了芽，并且向伤心的人开出了花，就像，那些温暖的陌生人给过我的花一样。

微弱的星也能把梦照亮

我住在S市区的太平街，这算是市中心的贫民区了。房东是一对本地老夫妻，他们把二层阁楼租给了我。

房子是老式的木质结构，每次上楼，陈旧的木梯都会发出嘎吱嘎吱的声响。

因为怕影响到别人休息，我总是不太下楼。

阁楼本来就比较暗，唯一的窗户对着小街巷，有时候我把窗帘拉上，留个小缝隙对着外面。

隐藏在黑暗中向外探视的我，就像个老巫婆。

在我的对面，隔着小街巷，是一个公用厕所。

厕所的主开口对着外面的大马路，朝着我的这一面则是个不到10平方米的储物间。它很小，但是装着一家五口人的生活。

每天我都会看到对面那户人家的生活，从早到晚。

不是我偷窥，在这样的空间，他们的生活毫无隐私可言。

这对中年夫妻，是S市随处可见的环卫工人。比较不同的是，他们带着三个孩子在身边。

大女儿高中，小女儿初中，小儿子正在上小学。

每天凌晨4点左右，夫妻俩就推着清洁车出去，小街巷开始有沙沙的扫地声。

大概 6 点左右，大姐叫醒弟妹，开始做早餐。

然后巷子里站着哆啦咪三个小人，端着杯子举着牙刷，朝下水道吐掉满嘴的泡泡。

有时候小男孩跟小女孩比赛，把水蓄在嗓子眼，看谁咕噜得更响。

小女孩一不小心把水吞进去了，小男孩在一旁笑得咯咯响，清晨的空气里像撒了一串珠子，蹦得欢快。

大姐这个时候扮演母亲的角色，她催促弟弟妹妹们快点吃好早餐、收拾书包去学校。一边忙她还一边抽空嘴里不停地背着英语单词。

然后三姐弟排成串儿，一起出发去学校。他们书包上都挂着一铃儿，一路响。

这时候巷子开始苏醒了，大家揉着惺忪睡眼，陆陆续续走出房间，蹲在巷子里大声刷牙洗脸。

叁儿一边跟街坊问早安，一边做着有趣的问答。

“去上学啦？”

“嗯！”

10 点的时候，夫妻俩工作完回到家，开始准备午饭。他们的食材都是在菜市场临近收摊时候采购的，又多又便宜。

夫妻俩的对话基本都是用家乡话，我刚开始听不太明白，后来渐渐听懂些许。

“大姐学校要买复习资料了，得交 25 块钱。”

“小弟的凉鞋带子断了，看是买个新的呢还是回头给缝上？”

“今天买到打折的鱼了，他们长个子的时候得注意营养！”

……

10 平方米的储物间太小了，还堆着满满的易拉罐矿泉水瓶箱纸盒。

他们都是把炉子架在小巷子里炒菜，男的一边收拾破烂，一边跟女人唠嗑。

女人黑瘦黑瘦的，做菜的时候眼睛微微眯着，有一搭没一搭地跟男人聊天。

街坊走过来："阿莱，你们又吃这萝卜白菜的腻不腻？！刚不是看你们拎着鱼回来啦？"

男人捧着饭碗大口地扒拉，呵呵笑，"好吃呢！鱼等孩子们晚上回来吃！"

下午夫妻俩又推着清洁车出去了，晚上回来时装着满满的垃圾和破烂。

我听到砧板丁丁响的时候，就知道孩子们放学回来了。

大姐帮妈妈做饭、洗衣服，弟弟妹妹搬出两个大泡沫盒子放在路边上，端端正正地做作业。

他们彼此忙碌着手上的事，聊着天，好像有说不完的话，用不尽的笑声。

这个巷子里有住着100多平方米房子的人家，仍然装不下生活的琐碎、吵闹、争执跟哭诉。

可是这个10平方米不到的储物间里，却只有快乐。

晚上10点的时候，巷子又渐渐归于安静了。我把窗帘拉开，打开台灯开始看书。

对面的公厕，有一盏暖色的路灯，灯下坐着大姐，捧着厚厚的习题本。

我忽然想起一首歌，叫《繁星点点》，里面有句歌词这么唱：

推来黑夜的天窗
微弱的星也能把梦照亮
眺望北极的方向
那里有我执着的光芒

那些背井离乡来到大城市里拼命活着的每一个人，都有一个梦想。

这个梦想是他们面对生活一切艰辛的勇气，是他们拼尽全力的动力。

因为相信未来，所以撑住现在。

我从来不觉得苦难是一件好事，对于成功的人来说，它或许可以成为谈资。可是对苦难中的人来说，那就是水深火热。

S市太平街上，装着很多很多这样的人，生活的苦难是一样的，不同的是，有人看到了明天。

那一天，我拉开帘子，大吃一惊。

对面人家，居然来了很多穿着体面的客人！

他们跟满手皱纹的环卫工夫妇握手，恭贺他们，把带过来的水果牛奶文具用品跟成排的垃圾堆在一起。

原来是大姐考上重点大学了。

妈妈穿着一条崭新的红裙子，笑得合不拢嘴。那条裙子原是街道办的人送给大姐的，女孩嫌弃太女气，塞给了妈妈。

上大学的开支更大，夫妻俩等孩子睡下后，在路灯下商量到深夜。

他们小声地说话，把小本上的账算了一次又一次。我没等到他们商量出个结果，把帘子拉上，关灯睡了。

我相信，女孩一定会如愿进到大学的。

那首歌在夜里陪伴着我，也陪伴着他们：

繁星点点是你我的梦想
我们就在浩瀚的宇宙发光
世界充满想象和力量
带着努力向明天勇敢起航

梦想是不能治愈的心理阴影

如果亲人得了很重的病要不要救?

我从来没有认真思考过关于死亡的事情。虽然意外和不幸每天都在身边发生，但是它们似乎又离自己很遥远。关于“至亲的人有一天会离开自己”这种假设从来不曾有过，更不会有意识地做一些适当的心理建设和认知。

在面临突如其来的灾难时，我完全不知所措。

如果有如果，也许我会做得好很多。

那些经历过的伤痛都会刻进骨子里，让我们对生活有更深刻的认识。但是没有人会想将这种伤痛翻出来重新咀嚼，甚至分享给别人。“辞世教育”的缺失，让丧失亲人的人在这个过程中痛不欲生，甚至很长时间都无法走出阴影。妈妈从生病到离开这两个多月的时间，每一分每一秒对我来说都是漫长而痛苦的煎熬。

我深知这种结果是我无力改变的，但是我原本可以做得好一点的，如果我曾认真了解和思考过这些事情的话。

这也是我今天梳理自己这段时间的心路历程的最重要的一个原因吧!

4 月 18 号接到妈妈突发脑干出血的消息时，我正准备签下人生第一套房子，计划新的生活模式。在飞奔回 S 城市的路上，我的脑子一片混乱，全都是和妈妈相处的点滴，还有前两天最后一通电话，她笑着跟我说“宝贝，等我回来哟！”悲痛像海水一样淹灭了自己。

医生很冷静地告知我们“死亡率高达百分之九十以上，最乐观的结果就是她度过危险期变成植物人，然后随着内脏器官的衰竭和药物的副作用显现，最终人财两空，难逃一死”。

我不信，到处托人找这方面最权威的专家帮忙诊断，流着眼泪一遍遍地搜寻网络上的相关病例，并找出痊愈了的案例鼓励家人：“对医生来说这是个概率问题，可是个体差异的存在不排除奇迹的发生啊！”

当医生的朋友对我坦言，真正发生奇迹的时候太少了。

妈妈躺在重症监护室里，身陷一堆仪器和管子中，各种药物注射进她体内，而我们只能守在外面一天又一天，使不上一点力，也看不到一点希望。我发疯似的四处筹钱，仿佛卡上数字的增长可以延续她的生命一般。但实际上，那些钱好像扔进下水道一样，毫无声响。

这个时候我面临了生死抉择上的第一个问题：要不要转出重症监护室?

我反复求证全国相关领域的权威专家，说不出是为了一点点希望还是让自己绝望，如果因为自己错误的决定剥夺了妈妈活下去的希望，我会愧疚一辈子。

每天我们只有十多分钟进去看看她，握着她的手呼唤她，然后被医生催促着赶出去。我害怕突然被通知她离开了，而我们没有一个人陪伴在她左右；有一次探视时间我进去，妈妈正毫无知觉地拉出一摊屎，我难过到了极点。她是一个非常自尊好强的人，这样人机一体毫无尊严地活着，是她不愿意的；而ICU的花费也是高昂的，我知道以我们目前的能力撑不了多久的。

当我们几个商量好，准备转出重症监护室时，我的心仿佛坠入深渊。

她的病没法治，可是出了监护室就意味很快死亡啊，光是这样想就像往自己心口上插一把尖刀。我没办法说服自己接受这样一个结果，我们甚至没机会好好跟她道别呢。

钱还没花完，等没钱了再说吧，我安慰自己。

不顾一切地等待渺茫的机会，比理性地思考放手容易得多。

于是在监护室的日子一天又一天过去，有时候她好转一点点，我们欣喜若狂，但大多时候妈妈不是肺部感染加重就是高烧不退。医生的一句话让我们在天堂和地狱间穿梭。那种在反复希望和失望中的煎熬，才是最让人难以承受的。

那段时间我经常忍不住痛哭失声，走在路上精神恍惚差点被车撞到。我们每天等候着探视的那10分钟，紧紧握住她的手跟她说话，盯着仪器上的心电图观察她的反应，扒开她的眼睛让她看看我们，哪怕她一点点微弱的无意识反应也会鼓舞到自己，希望奇迹可以发生。

关于死亡的所有话题，我拒绝去讨论，也不愿意去想以后。我连想下一周的勇气都没有。

我需要的，是一点点希望。

十多天过去了，妈妈依旧昏睡。我们每一次准备转出监护室的决心在探视她的时候都会动摇，再等等吧！

输液没法在手上继续，那就在大腿静脉处置管吧！

肺部感染加重了，做气管切开手术吧！

没法正常饮食，插胃管注射营养液吧！

抗生素产生耐药性了，那换其他抗生素吧！

大量用药以及久躺不动，身体其他部位也相继出现问题，再把护心护肾护胃的各种药也用上吧！

……

妈妈的身体就好像一个破碎的布娃娃，拆了这块补那块。当一种治疗引发其他问题时，就被采取其他措施补救，然后又引起新的问题，再用新的药物去制衡，直到更多的问题出现，永无止境。

我问医生，妈妈会痛吗？她会不会觉得很痛苦？

我开始意识到一个问题，即使我一直不愿意去正视：当生命走到了尽头，身体极度衰竭，即将油尽灯灭时，妈妈已经丧失了判断力和决定权，因为医生的尽“天职”和我们的尽“孝道”，强行留下她，把更多的痛苦带给她，是一种比死亡更残忍的做法。

我们决定将妈妈转出监护室，不管这中间有多大风险。

医生说：“就算她毫无知觉，她有生命体征，在我们医生眼里就是一条命，我们的职责就是尽一切所能延续她的生命。病人在医院就要听我们的安排，除非你带她回家了，想怎么样那是你们自己的事。”

在全力治疗和回家等死中间，我们没有第三种选择。

医生不同意转出重症监护室，我们要么继续等，要么联系救护车回到千里之外的深圳。

我们决定回深。

这个时候，妈妈眼睛打开了，她还记得我们！

我为自己之前的想法愧疚不已，那时几乎放弃她苏醒的希望了，可是妈妈的心智和记忆显然没有受损。

在亲友的帮助下，联系好医院回到深圳的我们遇到了新的考验。

妈妈已经度过了第一个生命危险期，但随着意识的苏醒，疼痛也跟着一并醒来。肺部感染持续加重，每隔几分钟就要给她吸痰防止她的呼吸道被堵住；她的关节也开始出现僵硬变形，要用枕头固定住她各个关节的正常体位，隔一会就翻身拍背做按摩；尿管插太久，她已经出现了尿路感染和肾结石的问题，随着肌肉的萎缩她也没办法正常排便，只能用手给她扣出来；因为之前大量凝血类药物的使用，她大腿静脉出现血栓，如果移动流入肺叶就可能造成窒息；而胃管的每一次喂食，都会给她带来剧烈的疼痛；她的视力也越来越模糊，有一只眼睛几乎已经失明……

可能死于并发症的阴影像魔咒一样笼罩在她头上。而她只能轻微地眨眼点头抬抬左手，用最简单的方式跟我们沟通，表达她的需求。而没有任何护理经验的我们在照顾她时，遇到的困难简直难以想象。

第一次打胃管时被喷得满身都是；看到妈妈因为吸痰而身体剧烈抽搐满眼泪水时，不忍心去做却又担心痰堵住她的呼吸道；因为妈妈个子高大而我身型娇小，每一次换垫单擦洗身子翻身挪抱都是巨大的考验，害怕扯到她身上大大小小的管子，害怕弄疼她，几天时间就拉伤了自己的肩背和后腰；当几个小时也没法明白她的需求时，自己也陷入深深的自责和疲倦中……

我们这样每天 24 小时轮流看护着，在家和医院中间来回奔波，因为长期熬夜和心力交瘁，几乎每个人都到了承受的极限。我自己也患上了抑郁症。

针灸推拿西药注射各种检测抽血化验……医院治疗方式大同小异，而妈妈病情一直没什么好转，我们辗转了几家医院，得到的结果并没有什么不同。

是的，她还活着，清晰地记得所有事情，拥有所有感知，但是也被拿去了所有的活动能力，她甚至连转一下头都需要我们的帮助。当疼痛无时无刻不困扰着她时，疼痛成了她唯一的世界。

我反问自己：“这是我们想要的结果吗？”

当初不顾一切想要留下她的做法，似乎是错误的。如果未来几年甚至上十年，妈妈都要被这具身体困在床上，全靠药物和家人的帮助活着，一点点失去所有的感官能力最后衰竭而亡，这种死法不论是对她还是对我们都是巨大的伤害。

是继续治疗，还是决定放手？

在做这个选择时，我既害怕继续待在医院延长妈妈的痛苦，又害怕因为出院而影响她可能康复的程度或缩短的宝贵生命。

但是当看到她在各种治疗化验中表现得痛苦不堪时，我们决定带她回家。

在照顾身体和关怀心灵上，我觉得后者更加重要。

但是在医患关系紧张的当下，医生把保护自己、降低风险、免担责任排在了首要位置，减缓病人痛苦不重要，一系列标准的流程制度才是最重要的，在医院只有病人，没有人。五花八门的治疗方案，各种手术药物，花钱如流水，最后实在没办法，还能在ICU里插满管子人工地活着。

当我哭着求医生给妈妈开一点止痛的药物或者安眠药时，医生说“这会抑制她的大脑神经中枢，到时醒不过来了你负责啊？”

我明白，在医院我永远不可能做主。商量一致后，我们把妈妈接回家里。

我隐约怀着希望，也许她回家换个环境，有亲人陪伴心情好转，会稍微好一些，姐甚至还给她买了拐杖。

我们高估了自己的心理承受能力，低估了她的痛苦。

在回家一个星期后，妈妈的情绪就一直低落消沉，她经常大声地叹气叫唤，表示疼痛，要么就两眼直直地望着天花板，陷入她的世界不愿意搭理我们。我四处托关系，通过朋友买到了各类止痛贴和安眠药。她越来越依赖药物，只有在昏睡的时候才会稍微舒服点，清醒的时候她都会告诉我们她很痛。

长期的压抑和忙累，让我也没办法给予她更多的爱和照顾，我有时候握着她的手静静地发呆，什么都不想做，有时候又会自言自语跟她说话，妈妈大多时候都是静默地听着，偶尔用手抚摸我的头发。只有在给她做按摩推拿时，妈妈会表示出剧烈地反抗，我既心疼她疼痛，又担心她关节僵硬更加痛苦，任她在我身上抓出一道道伤痕。

就像当初了解到的一样，妈妈身体免疫力非常差，一点点不注意就感冒咳痰，伴随呕吐发烧，她呼吸时发出的声音像睡着了在打呼噜一样，每一次呼吸对她来说都是一种折磨。

我好几次想，也许死才是对她最好的解脱。

在妈妈走的头一天，我一直坐在旁边，握着她的手。妈妈高烧几天了，没办法往胃里打东西，一点点水都会吐出来，可是她不停地表示想吃东西，要吃肉。姐既想保持她的清醒，又不忍心让她被痛苦折磨，安眠药的量一点点加多。

我把头贴在她怀里，感觉到她的心跳非常的快，她闭着的眼皮有时候会剧烈地抽动。妈妈每一次呼吸，鼻腔胸腔里都会发出呼噜噜的声响，有时候呼吸会停好一会，我屏住呼吸静静地听，她的呼噜声再次响起。

6 月 21 日凌晨 4 点 54，妈妈离开了。

她走的时候，面容安详，不似被病痛折磨变形的样子，整个人瘦得只剩一副骨架。

妈妈最后几天，表示出强烈的求生欲望来，她并不想死。这成了我和姐心头的痛，我们没能救得了她，甚至都没能照顾好她，想到她这么早就离去可能是因为我们饿着她渴着她了，更加痛不欲生。我们花费了大量的心神和金钱得到这样一个结果，却好像又被自己毫不珍惜地毁掉了。

“因为自己做得不好导致妈妈走了”这样的念头一直隐隐盘旋在我心中，虽然这两个多月的时间，我无数次被告知或者假想她最终会离开，但是死亡真正来临时，我仍然没有做好准备。

妈妈还那么年轻，在她回去老家前一直身体健康，她的一颦一笑都鲜活在我脑海中，我无法想象这么灵动善良的人就这么没了。于是对那边的人的怨恨也忽然像潮水一般涨起来，我怨恨自己，也连带怨恨那些导致她发病的人，黑暗的心理让我哭不出来，也没法跟外界正常沟通。

在沉默的这段时间，我一直在回忆妈妈生病后所有的事情，回想她健康时候的点点滴滴。我觉得我把最重要的事情忘记了，在她作为一个健康正常的人的时候，她原本的性格是什么样的。

妈妈有自己的主见，自尊自爱，她曾经无数次跟我说过大病不能自理时不要去医院让她受罪，而我却因为自己的不舍而一直忽略了这点。

我一直没有去正视“她会死”这个既定事实，总相信医学的干预可以打破这个概率在医院待这么久，看到过数不尽类似的病痛和死亡，直到妈妈的身体渐渐变得僵硬，我终于明白其实我们每个人都没有生命的控制权，我们的身体更没有。人的生命控制在某种比我们更大的存在手中，而这个比我们更大的存在，最终会带走她。

妈妈没有死在冰冷的医院中，被一堆器械包围，而是在家里，身边有至亲的人陪伴，这样想也是安慰。

承认死亡只不过是自然法则下一个正常的过程，是对生命的尊重，妈妈的一生也走向完满。

写到最后，我也没办法回答自己提出的问题。在妈妈发病时，她几乎就注定了会离开我们，而这两个月的时间就好像是偷来的，妈妈和我们都承受了无以言表的痛苦，但是也是这段经历让我明白了生命的真谛，它之所以脆弱，不是让我们悲伤，而是更加珍惜。

坦然接受亲人的离去和自己将来也会离去的事实，会让这个过程少了许多的遗憾、纠结以及痛苦。当我们面临这样的选择时，问问他们，问问自己：“什么是你真正想要的？”

我想这一切原本都是可以避免的，建议大家，尤其是老年人在健康的时候，就要与家人就这些问题详谈，交代清楚自己的想法和选择。我们既不能讳疾而忌医，同时也不要讳死而忌谈。

看到朋友给到的下面这几条建议，很想跟大家分享：

1. 人终有一死，不要忌讳讨论临终关怀和死亡方式的选择。不但要和医生谈，也要和亲人交流，得到他们的尊重和支持。

2. 如果遇上绝症，生活品质远远高于延长生命。我更愿意用有限的日子，多陪陪自己的亲人，多回忆回忆往事。把想做但一直没有来得及做的事尽量做一些。

3. 遇到天灾人祸，突然丧失了意志力，而医生已经回天乏术的时候，不要再进行无谓的抢救。不是为了省钱，实在是为了少遭罪，也减少对亲人们的折磨。

4. 没有生病的时候，珍惜健康，珍惜亲情，多陪陪父母，多陪陪妻子或丈夫，多和孩子聚一聚。工作做不完，钱也赚不完。从来没有听说过任何一个人在临终前后悔说在办公室里待的时间太短，恰恰相反，他们都后悔没有多陪陪自己的骨肉至亲。

最后，我写下自己的生前遗嘱：

当我大限来临时，不要给我做心肺复苏或者进一步的循环支持治疗。

注：世卫组织提出的“缓和医疗”原则有三：重视生命并承认死

亡是一种正常过程；既不加速，也不延后死亡；提供解除临终痛苦和不适的办法。缓和医疗既不让末期病人等死，不建议他们在追求“治愈”和“好转”的虚假希望中苦苦挣扎，更不容许他们假“安乐”之名自杀，而是要在最小伤害和最大尊重的前提下让他们的最后时日尽量舒适、宁静和有尊严。

如果你曾认真读完这篇长长的文字，如果你得到了些许的感悟和启发，如果你被相似的经历触动过，请分享给你最重要的人。

谢谢！

死亡教会我的事

以前我是个很急躁的人，说以前，其实就是不久前。

这些年，我急着长大，急着离家，急着毕业，急着参加工作，急着独挑大梁，急着买房，急着经历那些所有我还没有经历但是渴望经历的事。

我认真地规划了自己的人生，定下很多的目标，浑身使不完的热情。

我没想过死亡的事，除了青春年少时认真思考过自杀的日子，我觉得死亡从来不在我的计划内。就好像我有足够的底气跟它商量什么时候来临一样。

一直到妈妈过世了。我把脚步停下来。

死亡到底是什么？

有时候走在路上，我会忽然想到，哦，妈妈没了。

就是把一个长在你身上、很熟悉的东西，生生挖走的感觉。

死亡就是你失掉这种熟悉感了。有一样对你很重要的事物，永远的消失了，再也见不到了。那个洞却一直在，永远的空虚着……

然后我脑子里就会电影碎片般闪过那些阴暗的画面：枯瘦僵硬的身体、火葬场、热气腾腾的骨灰、坟墓。

哦，这就是死亡。

痛苦，绝望，困惑，就像海浪。它从每一个意想不到的角落突然翻卷而出，撞击着发霉的记忆，朝我扑来。

我以为我会淹死在里面。

但是我并没有。在过去的每一个日日夜夜里，我把自己的破损一点点修补起来。

那条曾经捆住我脖子的套索，变成了把我拉出深海的救命绳。

这段特殊时期，有很多人跟我分享了他们的痛苦和走出痛苦的心路历程。

那些残忍的时刻，总是在我们最意想不到的时候到来。

不仅仅是死亡，我们的人生或多或少都经历过一些晦暗失望的时光，遇到过觉得难以跨越的逆境：比如错失的工作机会；突如其来的疾病或事故；无法挽回的感情；破裂的家庭；或者生命的突然逝去……

好友跟我讲到他父亲在他大学毕业时去世的场景，还会禁不住满脸悲痛。

这些不幸和艰难，不管是过去或将来，一定会发生在我们身上。

我们没办法避免，也无从避免。

我想更重要的是，我们怎么从这些艰难的日子里走出来，从这些苦难和不幸中汲取希望和力量，修复自己，修复这个世界。

原谅自己。

一直到现在，姐姐都会自责，是自己的错误选择，让妈妈过早离开人世，甚至在死前遭受巨大的痛苦。而在这之前，我也是一遍遍地责问自己，是不是可以有更好的结果？

可是这样的自责只会把我拽进深渊，我沉在海底，无法呼吸。

我试着用妈妈的立场，轻声告诉自己：别这样，并不是所有的过错都因你而起。我希望你过得快乐。

那一刻，我触底反弹，跃出了水面。

原谅别人。

生命非常短暂。有时候看着身边活蹦乱跳的小伙伴，我心里会涌起一股怜悯：所有鲜活的生命都将走向颓败，走向终结。当下纠结的、痛苦的、争夺的、愤恨的东西，放在生命的长河中去看待，其实多么微不足道。

有什么，值得我用负面的情绪度过生命里宝贵的每一秒？

又有什么，可以让我对每一个一闪而逝的其他生命恶语相向？

认清内心。

我一直觉得自己离幸福很远。童年不幸，成长坎坷，几次创业又各种不顺。

我想赚很多的钱，买大房子，去世界各地旅游，学自己喜欢的东西。这个过程我不知道要多久，我也不确定未来是不是一定可以实现。我觉得我的快乐和成就感一定是源于这些事情的实现。所以我熬夜，不按时吃饭，忽略身边的人……

很长时间，我都是用外求的方式找幸福。

妈妈住院的那段时间，没办法自己吞咽食物，不能自主排泄，甚至连转动一下头都不能，被困在一张小小的床上60多个日夜。

现在我每次吃东西的时候，都会想到她。

能亲自吃东西，感觉酸甜苦辣的味觉刺激；可以毫无疼痛地走路跳跃，去到想去的地方；可以痛快淋漓地排泄，有尊严地自理生活，是一件多么幸福的事呀！

这些细小珍贵的东西，我以前从来没意识到。我理所当然地享受着我的健康，享受着亲情，享受朋友的友善，享受着爱人的关心，可我一直缺乏感激之心。

是妈妈的离开，让我学会了以内求的方式感受幸福。

我以为那些悲伤会对我整个人生造成巨大的影响，永远不会消失，甚至从此身心残缺，再也没办法快乐。

但是时间教会了我，怎样修复这种残缺。那些艰难的日子，并不是要夺走我继续生活和享受快乐的权利，恰恰是它们，教会了我发现并且珍惜眼前的生活。

所有的残酷，只是为了更好地懂得美好的珍贵，并且拼尽全力维护它。

你的独立，其实也是孤立无援

To be without a home
With no direction home
Like a complete unknown
Like a rolling stone

你孤立无援

你无家可归

你默默无闻

像一颗滚石

这是《*Like a Rolling Stone*》的部分歌词，每次听到迪伦唱这几句的时候，我心头都会为之一震，这是一个内心多么敏感丰富的人才能写出来的句子啊！

它就像一个脱得赤条条的小孩，站在我面前，照出我满脸狼狈和落寞，却又逼迫我不得不认清眼前的现实，接受这样的自己。

我最恨人家说，你真的很独立。

是，现在的人，不管男人女人，都以独立自豪，处处标榜独立。这种独立把男人和女人对立起来，把孩子跟父母对立起来，把老板跟员工对立起来，把街道上来来往往的每个人对立起来。

仿佛不告诉别人“我离了地球也能照样活下去”，简直不能显示他或她的强大一般，而得不到这种认可，他们难以活下去。

其实，很多时候是，我们可以轻松得到的援助多半自己就能完成，而无法独立，需要帮助的东西，却很少甚至没有人可以帮你。

既不想要那些细枝末节的帮助，又无法得到真正强有力的支持，就干脆把自己裹在独立的伪装里，捂住呼吁求助的嘴。

因为不独立，就意味着某种程度上的示弱。

小孩子最懂这个，委屈了不开心了，哭就好，一哭就能得到自己要的东西。这点我曾经在我弟弟身上得到了验证。

那时候，他只要做违背我心意的事，我就恐吓他，你这样我可要哭咯，我真的哭了哦……

然后捂着眼睛，察言观色，适时让眼泪往下掉。多半我会赢，他不敢惹哭我，怕被父亲骂，更怕担着惹哭女孩的罪名。

到后来，他也不吃我这套了，这样我连唯一一个可以通过示弱获得好处的地方也没有了。

而后漫长的成长过程，我发现，不管示弱与否，都得自己主动创造机会，争取活下去的一切有利条件，那些示弱，远不如不服气地争夺。

因为在意你的人，才肯吃“再这样我就哭了哦”这一套，否则你坐在地上号啕大哭，也不过是多了些看客而已，人家看开心了，丢个三两枣子给你，看不开心还会嫌弃你聒噪。

示弱只能被动地等待施舍，而只攻不守的厮杀争夺，却是主动地获取，虽然伤得重，心里更有底气。

但是偶尔，也会羡慕人家，不费甚力气就获得了自己拼了命才能拿到的东西，一边舔着伤口，一边默默思索。

要不也学一两分？

都不过是生存技能，并无高低啊。

记得军训的时候，站在毒辣的太阳底下，看姑娘们接二连三地晕倒，白净书生也跟着像被收割的稻子似的弯了腰，我也想来个说倒就倒。

结果发现，我特么已经不会示弱了。

一个真正强大的人，根本不需要装独立，特么人家已经很独立了；而以示弱之道生存的人，也多半是找到了可以通过示弱获得有力帮助的环境；可是一个假装独立的人，却是不会也不能示弱，还得伪装自己。

这才是坑爹。

再去从头学起，扮作温良无害，依附于人的模样，那比杀了自己还难，无奈只能咬着牙，扛着刀，向那未知的明天，砍别人去！

这个过程，也许有人会给你递一瓶水，或者帮你擦擦汗，或者撑把遮阳伞，但是没人会跑过来，抢了你手里的刀，让你坐在树荫底下，说，你休息，换我给你砍出一个新天地来！

所以，既瞧不上那些小恩小惠的好，又等不到一个抢你刀的人。

只好继续把这独立，好好扮下去。

因为，背后空无一人。

你有过饥饿的滋味吗？

一

我见不得食物浪费，所以我是个不合群的人，不喜欢参加宴会，不喜欢看到一群大吃特吃的肥肠肚，不喜欢动动筷子就倒掉的粮食。

每次碰到这种场面，我就忍不住皱眉头，就会把脸沉下来，嗓子里梗着东西，心里生出无限的厌恶甚至憎恨来。

我就是这种倒霉扫兴的人，所以我不跟一群人出去社交，我害怕自己坐在那里越来越冷的脸，把一切虚伪的热情都冷冻起来，而我又没法收场。

有人骂，少来了，你们这些伪文青最喜欢装了！没见你少吃东西啊。

也有人劝我，何必呢？这个世上不会因为你爱惜粮食，就少了几个挨饿的人，不会因为你节约用水，就少了几个渴死的人。

社会资源分配本来就是不公平的，你在一个资源富足的地方，那是命，你被饿死渴死，也是命。

“在这个世界上，永远有人大吃大喝，也永远有人因为饥饿而死。”

我找不出反驳的话来，可是我心里在叫嚣，不对不对不对。

二

不管我吃过多少山珍海味，我都记得那些挨饿的日子，有时候我会想，如果把眼下这点东西，送给过去的自己，她该有多欣喜？

九零后里面，受过饥饿的人还真的不多见，可是南京被饿死的那两个小孩，不就是出生在物质资源丰沛的当下吗？

童年记忆里，除了深刻的饿，我没有其他的感觉。那个时候，想不起是应该责怪丢下孩子不管的父母，还是怨恨对我们的年幼无力视而不见的亲戚。

有很长一段时间，我每天空着肚子走将近 10 里路去学校，没有钱坐公交车，也没有钱买午餐吃。等到第二节课的时候，我就已经昏昏沉沉，咽下不断涌出来的酸水，眼睛里只剩下同学桌兜里的饼干，食堂隐约飘出的气味，和无数的幻觉。

那种饥饿的感觉，能把一个人拉成丝，绞成麻花圈，再踏扁碾干。受不了的时候，我就偷偷跑到厕所接凉水喝，可是越喝越饿，我只能死死地按着腹部忍着，等到晚上的时候，吃上一天当中唯一的一顿饭。

有一次邻居送了一份梅菜扣肉饭到家里，她嘱咐我们等大丫放学回家，热了一起吃。我跟弟弟耐不住饥饿，先是偷偷用手抠一点吃，后来收不住，大冬天把那份冷饭菜一口一口抓着吃了，那时我们大概四岁左右吧，还不知道怎么用厨具。

等大丫回来时，看到空空的橱柜，忍不住放声大哭起来。

她那时也不过是个小学生，面对饥饿的弟妹，她没有更好的办法。

三

现在我已经忘了对父母的怨恨，我只记住了饥饿的滋味。有人因为曾经的饥饿，变得对食物贪婪无比，因为他心里总是残存着对饥饿的恐惧，那种饿已经长进骨子里，怎么都喂不饱。

不管现在的生活如何，过去经历过的一些东西总会在我们身上留下一些影子。比如大丫，她出去吃饭，总喜欢碟碟碗碗地点一桌子食物，种类很多，因为心里有一种深刻的饥饿，但是量又很少，因为不想浪费粮食。

对于我来说，饥饿没有把我的心变成一个穷人，但是我对食物有一种天然的感恩和敬畏心理。

四

我经常去到一些荒郊野外，靠山吃山靠水吃水地过活着。穷乡僻壤的环境会让我有一种归属感，无关于青春流浪或新鲜好奇，也不是带着城市的富足来参观这种贫穷和匮乏，我是回来看望一下过去的自己。

有一次去到一个少数民族的村寨，我的银行卡被盗刷冻结了。去镇上也买不来食物，我就在农场留下来干活，跟当地人去免费的素食馆领取食物。

一般去过真正意义上素食馆的人都懂得食不语、勿浪费的道理。

那天忽然就听到安静的馆里起了涟漪：一位流浪汉剩着满盘子狼藉的食物就拂袖而去。年轻的义工苦劝无果，默默端起盘子将剩下的食物吃完。

这是个零零后，稚嫩清秀的面庞上没有丝毫做作，我不知道他是怎么样有了今天这样的境界。

农民对食物都有一种崇敬爱惜之情，比如我从奶奶身上感受到的：即使掉在地上的饭粒也捡起来吃掉。那是受过饥饿的人天性使然，是种植过粮食的人的爱惜使然，食物是应该获得尊重、爱惜和敬畏的。

五

写到这，心情有些抑郁，我说不上来为什么，很多时候我还是习惯了一天只吃一顿饭，空着腹的感觉让我觉得熟悉而踏实。

我知道这个世上不会因为我少吃了一顿饭，就拯救了一份饥饿，但是，我至少可以做到，不伤害过去的自己。

我希望，正在读文的你，能多一份对食物的感激和珍惜，你浪费的，不仅仅是地沟油和农药菜，还有一份对生命的敬畏。

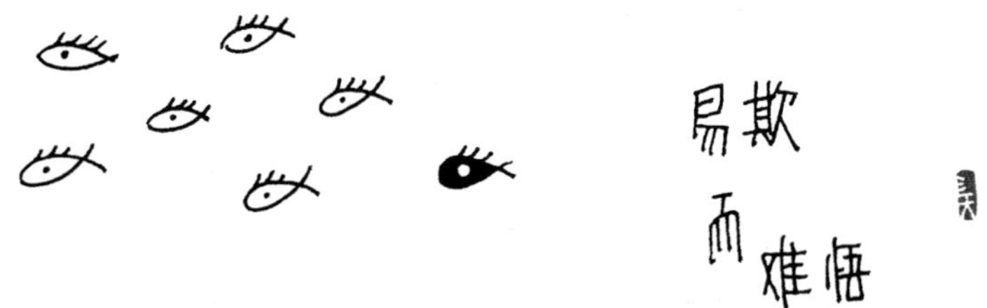

再见是最大的谎言

很多年在外漂着，养成了一个习惯，不喜跟人道别，也不让人送离。

就像武侠小说里，结伴一段路程的缘分尽了，便抱拳作揖：青山绿水，就此别过。然后转身就走，不回头，不依恋，各赶各的路，从此天涯陌路，只留了一段回忆。

若是有缘，他日江湖再相逢，杯酒言欢，道不尽的喜悦，反之亦不强求。

那酷劲，总让人生出无限的侠情和豁达。

曾经和爱人亲密无间，朝夕相处生出来的依赖和习惯让我感慨：此生要是没了对方，我该如何是好。后来一个人走，也立马熟练了这种行走无羁的独立。

离别，本来就是生活的一种常态。

科技日新月异的现代，一个短信代替了驿站的等待，一串数字系住了原本无期的后会。我们觉得自己的力量越来越强大，把所有的来日方长，都寄托在明日再见里。

那句洒脱的“就此别过”，被自以为掌控人生缘分的我们舍弃。用一句再见，来抵抗人生的无常。

几年前骑行滇藏，行至一藏族小村落生了场病，倒下去不省人事。

是一个十几岁的藏族少年救了我，病还没好透，我就想急着上路。

少年恳请我停留几天，去约旦村徒步，他说这个季节的杜鹃花开得最好。我摆摆手，客气地拒绝："这次就不去了，以后再来，我们还会见面的。"

他惋惜地看着我，用不太流利的汉语说："下次来，花，就不是原来的花了，没有再见了。"

后来几年，我都收到了他寄过来的雪莲花，因为我走时允诺，明年雪莲花开的时候，我再来。那些雪莲花就像少年惋惜的眼光，把我的谎言击得七零八落，人生真的没有什么再见。

童年时候，有个很好的玩伴，走到哪都是形影不离。因为一件小事闹了别扭，我拗着性子不肯低头，一直到人家准备转学了，过来跟我道别时才慌了神，他信誓旦旦地跟我说："等我上小学五年级，我就回来找你！"

现在都特么研究生毕业了，也没有再见过。2008 年汶川地震时，我把死亡名单看了一遍又一遍，他父母，当年好像就是带他回了汶川老家。

妈妈出事前一天，我跟她电话说："您等着我，周末见啦！"

那一个月我忙着学习，忙着考试，忙着工作，把一贯的周末家庭聚餐全取消了。没想到这个电话也是我们之间的最后一个电话。

我们总觉得有很多很多的明天，等着自己。

亲人的生日，朋友的聚会，向往的景色，期待的冒险……都错过了，然后用一句"下次再见"来安慰自己。

越来越强大的联络方式，伴随的是越来越脆弱的感情，和越来越被忽略的当下。

只有那一句天涯陌路，后会无期，才让人珍惜每一次相聚，每一段缘分，和每一次分离。

缘来惜缘，缘走不留。

以后，能不能不说再见？这是我一生中听过的最大的谎言。有时间，不如见面。人生瞬息万变，说不定就是最后一次。

那时，道一声：青山绿水，就此别过！

转身走，别回头。

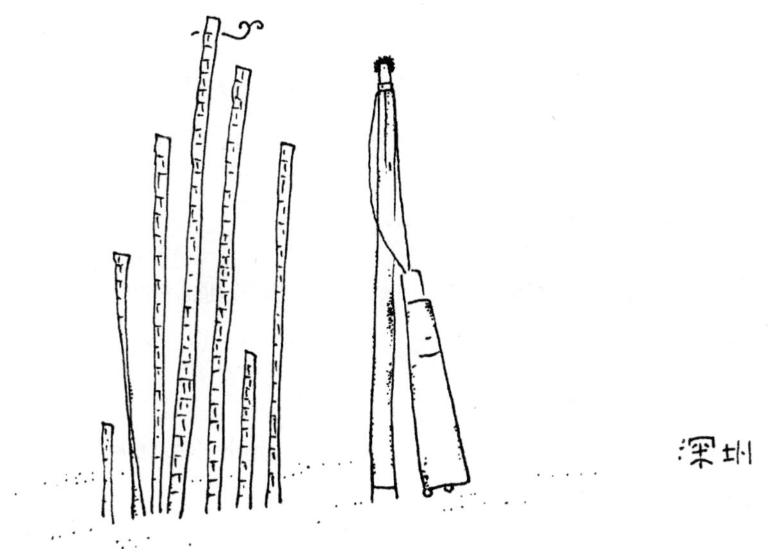

我怕你生病的时候是一个人

我怕你生病时，我不在。

很多年，我都习惯了一个人生活。

一个人过，有太多的好处，在自己的世界里肆无忌惮。不用迁就，也无须忍受。但是，我害怕一个人生病。

一

既然享受了独立空间的快乐，也要承担孤立无助时的悲苦。

有一次，连着出差一星期，奔波在各个城市，回到家里时，全身虚脱。

我知道自己要生一场大病了。

从衣柜里拽出来几套棉质睡衣，烧好一大壶开水装保温瓶里，退烧药放在床柜上，手机定好闹钟。

然后闷头睡下。

中间靠着闹钟叫醒，迷迷糊糊爬起来喝水吃药上厕所。

衣服汗透了好几身，和着病痛无助的眼泪。

我相信，每一个背井离乡出来闯荡的人，都经历过这样的无助。

平时风光热闹，只有生病时，才想起自己是一个人。

二

有句话说，不敢不坚强，不然脆弱给谁看呢。

因为都有过深夜流泪的委屈，有过独自对抗病痛的无助，所以慢慢大家都变成了躲在洞里给自己舔伤的野兽，出来时依旧战斗力满满。

大丫刚来深圳时，孤身一人，生病了不敢请假，因为心疼那一天的工资被扣掉。

她趴在办公桌上，脸色苍白，死死按着腹部，流着汗盯住时钟，等待下班。

那大概是，她人生中流得最缓慢的痛苦。

一个人不敢病，因为生病的成本太高。

三

我每次来姨妈时，都痛得死去活来，假如必须在这个特殊时期工作，全靠止痛药撑着。

可我的闺蜜苗二，几乎次次出差都赶上姨妈。

大冬天熬夜改方案，落地后匆匆去宾馆冲个凉，拎着电脑奔赴战场，一个弱女子也演出身后千军万马的气势来。

后来她发信息给我说：提案时，都不敢大声说话，声音重一点，底下便热流一涌。

我笑了，又忍不住想哭，因为我知道那种痛。

可是我不能安慰她，因为这种坚强，一遇到嘘寒问暖便会溃不成军。

四

经常户外带队的哥们儿生病了，平时生龙活虎的一个人，从来以铁汉自居，却在朋友圈晒了个独自输液的照片。

底下一堆调侃的留言，他乐呵呵地回着。

我电话过去,才听到他嗓子都哑了,一点也不像文字里面那般乐观。

我说，过去陪你侃大山吧!

他说不要，微信联系人好几百呢，不差聊天的。

我骂他，你拖着个输液瓶还得到处排队缴费拿化验单，总需要一个跑腿的吧?

他沉默了，然后叹了口气：不在意你的人面前，不想露出脆弱，在意你的人面前，不敢表现脆弱。

就像感冒发烧咳哑了嗓子时，会挂掉家人的电话，回一个：我很好，在开会。

时间让一个人成长，包括很多方面。

但是，我害怕你生病时候的坚强，因为那一定是很多个脆弱无助的日子，堆砌出来的城墙。

五

我曾经打车，用四个小时，从城市的最西边，跑到最东边，去看望一个不曾见过面的女孩。

因为大丫的一个电话，说：那是我的朋友，生了很重的病，初来这个陌生的城市，需要帮助。

我到她住的公寓时，她一个人蜷缩在沙发里，桌上放着一块小小的巧克力，被咬了一个角。

冰箱里有鸡蛋和牛奶，可是她走不过去那个距离。

就这样，一天一夜。

送她去医院的路上，她一直跟我道歉，然后理性地告诉我社保卡钱包过往病历在哪，除了晦暗的脸色和豆大的汗珠，我几乎看不出她正在忍受的巨大痛苦。

医生说，急性阑尾炎，很严重，亏她忍了这么久。

止痛药打下去，这个钢铁似的女孩终于软下来，蒙眬睡去。

眼底下，摊着一大堆泪。

我莫名的心痛。

我知道，我们都不得不面对生活中的种种苦难和磨砺，我们会越来越强大，也会越来越坚硬。

可是，总有一段时间，一个时候，我们是一个人，生病无助脆弱。

所以，请你，请我们，好好照顾自己。

就像父母总会念叨的：尽量早睡，记得吃早餐，抽时间坚持运动，偶尔做点喜欢的事放松自己。天冷要加衣服，不论晴雨都带伞，难过的时候，就好好哭一会，旁边记得放一杯热开水。

我不怕你一个人，可是怕你一个人生病。

孤独的人要吃饱

看过一个电影，叫《海鸥食堂》，是三个各怀故事的女人，和一个叫海鸥食堂的日式餐厅的故事。

芬兰是最接近日本的欧洲国家，坐飞机只需要10个小时。幸惠在风光如画的首都赫尔辛基独自经营一家叫作“海鸥食堂”的日式餐厅，她希望以简单却温暖的传统手卷留住客人的心，只可惜事与愿违，餐厅经常空无一人。

后来，绿与正子，因为不同原因，先后来到了那里帮忙。再加上日本文化迷的年轻小帅哥顾客，每天过来看书；还有本来只是驻足指点观望，后来却被肉桂卷香味吸引进来的芬兰老太太们；曾在那里工作过而忘不了原来咖啡机的中年男人；认真地询问如何扎稻草人诅咒老公的中年女人……

这些有趣而真实的人，因为这家小小的食堂和暖心的食物，结下了淡淡的情谊。故事讲述得很平淡，就像她们认真做食物的样子，没有激情地热火朝天，只有各自努力的每一个日子。

片中每个人之所以出现在芬兰，都是有自己悲伤的理由或者过去，但是导演并没有去道个究竟，只是让我们看到，努力善良生活下去的她们，在明艳的阳光照射下偶现的几分阴暗的影子。

人与人之间，互相扶持，却又不会牵涉太多。那种无处消散而又不至于让生活难以为继的忧伤，被抽成细长而缠绵的时光，被食物一点点治愈。

我一贯爱好色彩浓郁的电影，唯独这个清淡平和的片子，给我留下了很深刻的印象。

《这个杀手不太冷》里面的小女孩跟男主角说，我以前肚子这里好像横着一块冰，总是很难受，跟你在一起后，它就变暖了。

男主角回她，恭喜你，那只是说明你的胃病好了。胃病好了，其实也是心灵被治愈了。

我们的身体很奇妙，不管如何伤心难过孤独，一碗热乎乎的食物下肚，总会升起一股由内而外的满足感，这种感觉足以抵御所有冰冷的侵袭。

所以，健康的爱情和婚姻，也会让横着冰块的身体，渐渐变暖，少了很多少年时代的痛苦和虚空。

那些在冬天深夜里守着一个热乎乎的小店的主人，我都特别感激他们。

每次劳累到凌晨时，总觉得身心空洞，而这个时候，最容易生出孤独和忧伤感，楼下那个冒着热气的小店，就是我的充电站。

这个时候，不愿也不想自己做东西吃，因为在静默的夜里独自准备食物的过程，会让心里更孤单。而在决定外出去吃一份烫青菜时，心里却会涌出无限的期待和满足来。

而这个小店，总也有那么几个人，带着疲惫的身心，坐下来各自捧着碗，专注眼前的食物，最后稀溜溜地把汤也喝了个底朝天，再发出一声暖暖的感慨，哦，真特么爽。

当然，对于我这种时常考虑热量摄入的健身人士，吃完之后的满足感里总会夹杂一份负罪，哦天啊，刚刚发生什么了？我怎么又吃了这么多？不行明天得增加运动量……

你累不累？

除去几次重大的生病，我的身体几乎一直都对食物保有旺盛的欲望，即使在遇到很重大的打击时，即使应该难过得吃不下东西时，我良好的胃口都没受过影响，这点几乎让我有些羞耻。

以前实习的时候，因为工作总结没写好，老大把我叫到办公室劈头盖脸地骂了一顿，一直骂到午饭时间。出了办公室，我心情极度沮丧，拿起饭盒去到休息区的阳台上，一小口一小口地品味米饭和菜食给我的安慰。

不巧让怒气未消的老大撞见我悠闲的模样，他不可置信地指着我，痛心疾首地说，欧阳你怎么还吃得下去东西？不应该马上把你那份忽悠鬼的报告重写吗？

我点头，笑得一脸天真烂漫，吃饭也重要呀！我吃完再写。

啧啧，现在我倒是没有这样的厚脸皮了，可我还是坚持认为，吃饭很重要呀，尤其是，当我们怎么都暖和不了自己的心灵时，应该让胃先暖起来。

你试试看，是不是感觉好多了？

一成不变和心血来潮

有一个女孩，每天下班的时候，都会走固定的路线，去同一家面包店，买同一款带咸味的方面包片，然后回家，坐在用了很多年的书桌前，听喜欢了整个少女时代的歌手专辑。

她的每一天，几乎分毫不差。

忽然，在一个再普通不过的日子，她不知道出于何种心理，换了一条回家的路，去到一个陌生的店，买了自己心仪已久的镇纸，在拐角的地方，撞上了一个陌生人。

镇纸坏了，姑娘波澜不惊的心也起了涟漪，她同那个撞了人的男子谈了恋爱，做了很多平素都不会做的事情，后来，两个人又结了婚。

婚后，两个人的生活用另外一种节奏，每天分毫不差地过起来。

很多年过去了，女孩变成了女人，她的孩子长大飞走了，再后来，她的男人也生病去世了。

那些突如其来的变故，很快以另外的方式适应起来，生活换了个面目，继续往前走着。

女人每天早上起来，去同一家早餐店打豆浆，再回来浇花，喂猫，打扫卫生，然后搬出椅子坐在院子里，静静地看书。

她的每一天，都是这样过的，就像少女时期的每一天，都知道明天会是怎样的。

想不出理由为什么要一样，又为什么不一样。

然后，在很平常的一天，她忽然收拾了几件衣服，把门掩上，走了。

没人知道她去了哪里，什么时候回来，又为什么出走。

她走得那么突然，又很自然，就像年轻时候，换了一条回家的路一样。

只不过，心血来潮一次，然后把这一成不变，换个地方，换个面孔，继续过下去

我讲了这个故事，大概就是在解释，为什么看起来很喜欢折腾的人，平时又这样简单无趣甚至于无聊。

我的一个大学同学，还没毕业，就急急地离开了课堂，过起了那时候还没这么泛滥的旅行流浪生活，去不同的地方体味人生。

她在日志里面写，要过一过牧羊人、铁匠手工艺人、厨师或者其他身份的日子。

这些年，她一直都在践行这种理念。

有一天，我们见着了，她说，我一直渴望有一种能稳定下来的生活，可惜一直都没遇上。

我笑了，最能折腾的人，其实也最渴望那种能让自己愿意一直维持下来的生活。

所以，这么多不可理解的心血来潮，其实与那些从未走出，每天将日子过得分毫不差的一成不变，没有什么区别。

而我尝试了那么多的职业，去了那么多的地方，给自己打了那样多的标签，来来回回，不停地折腾。

轻易决定，狠心投入，又决然抛弃，不过也是，寻找一种可以维持下去的一成不变。

只是，每一次，我都觉得自己只是在临时扮演一个角色。

就好像一个特务，为了完成某个任务，忽然变街头卖包子的小贩，他笑眯眯地做着适合自己这个角色的事，甚至把这个角色做到非常好。

但只有他内心明白，这些都是虚无的，都是暂时的，这种生活只会成为他人生某个阶段的一成不变。

待到其他时候，任务又需要他扮演一个教师，他又会换了个面目，隐忍地演好这个角色。

之所以隐忍，是因为它们都只是暂时的，也因为这个暂时，而更加卖力。或者无力。

而那些失败的特务，总是不满意自己任何时段的人物角色，急急想跳脱出来，既没法隐忍那一成不变，又没准备好心血来潮，结果每次都败得很惨。

而生活就是操纵我们的那个无形的任务，它要求我们扮演学生，恋人，父母，医生，教师，商人，或者其他各色角色。

然后在某个一成不变的节点，用假装为所我们涌起的心血来潮，换个面目，把它继续下去。

我们一直想要与旁人不一样，一直想让自己的人生有一点与众不同，或者，至少多姿多彩吧！

只是，我们认为的不同，不过是生活，哄着我们，做出自以为是自己意愿的决定而已。

这样的想法还真是不太正能量，但是悲观主义者，大都有一个乐观的生活态度，因为不抱有期望，所以才能坦然面对生活的种种。

不管你是坐在格子间修改一遍又一遍的屁屁踢，还是行走在山川大河之间；不管你是穷困潦倒失意落魄，还是富贵荣华春风得意，都不过是我们人生中某一个阶段，临时的任务角色而已。

我们既逃不脱一成不变，也免不了心血来潮。

即是认命，就好好扮演眼下的角色，等待下一个节点的转变，再将新的生活，一成不变地过下去罢!

乐观就是认命之后的努力。

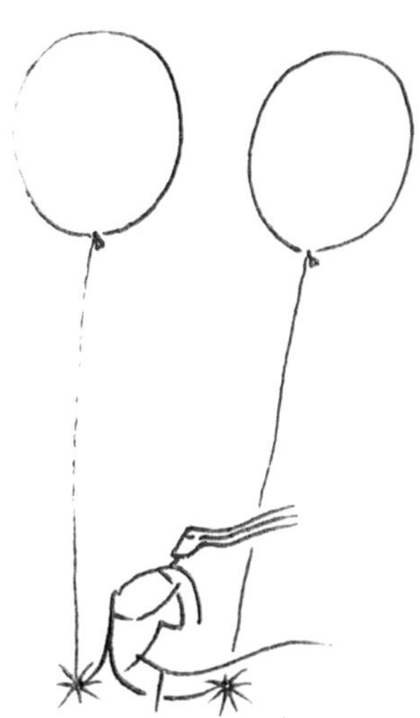

第二章

爱不爱我无所谓

看过也经历过许多的爱，千万个人有千万种体味，不管是老一辈的生死相随，还是现在的马不停蹄，都无道理可言，唯有选择自己所能承受之重。

谈了 11 年恋爱，他们怎么还不分手？

他们之间如同卫星，

用互相围绕着公转来表达彼此的情意。

在分别的那些日子里，

各自的生活和面临的选择就如同自转，

但独立体的命运从来不会脱离这个轨迹。

如果说自转是因为生命的使然，

那公转已经超出了这个意义。

久不联系的中学同学不知从哪找来我的微信，加上后对话如下：

好久不见，你还好吧？

活着，你呢？

如上。对了，他们现在分手了吧？

……

一

这大概是我遇到的一千零 N 次询问了吧，基本上每年都有人坚持不懈地问我，好像听到别人分手的消息后大家就心安了，天下太平了，生活美满了，性生活和谐了，世间充满爱和公平……

到底是一对怎样穷凶极恶的情侣，让这么多人默默惦记多年，烧香扎小人地祝福他们早日散伙？

他们作了11年，异地恋的时间占了一半。那些传说中的老师阻挠、家长反对、距离和时间的恶意、小三小四的客串、工作的失意、生活经济上的窘迫、彼此的争吵分合……

一一上演。

除了白血病，他们经历了导演可以安排的所有情侣间的折磨，除了现在他们还在一起，我真想不出还有什么可以炫耀的幸福。

可是，每次看到他们还在一起，我就相信真的还有爱情在（我是一脸真诚地说这句显得很不真诚的话）；相信这个世上就有一个人是为了彼此而裁剪；相信和你在一起即使不是最好的，但也非你不可。

二

我一直觉得他俩的存在是生活对我最大的恶意。

中学时候，他是个白衣如雪的少年，脸上自带忧郁气息，沉默内向，全身上下洋溢着能激发母性的淡淡忧伤。

她是个体格不太苗条，体态也不甚风骚，满脸冒着小粉刺，说话温柔爱脸红的少女。

这俩货是怎么在新生联谊会后怎么迅速对上眼的，我一直不得其解。作为新生代表兼学生会主席浑身冒着红二代正气的我，对这对早恋不务正业败坏校风的情侣表示极度愤慨。某一天早读课后，我把她叫到走廊外面，进行一次长久而深刻的灵魂交谈。

“你们年纪还小，目前应该以学业为重啊！”

“考不上好的大学，你们还有什么明天？”

“我郑重劝告你，不要影响他的学习，好自为之。”

然后，我遭受到了人生第一次也是最严重的恐吓。

“你有什么冲我来！不要伤害她。”

这个心机婊，一定是满脸委屈双眼含泪地在他面前控诉我了。啊，想象她那小白兔似的模样，我默默撕了一整晚的考卷资料书。

然后他俩在我面前旁若无人地牵手拥抱了，啊？接吻没有这个我真不知道。我一次次从他们面前飘过，重重地跺脚咳嗽，然而……然而一定是我太矮了，我深深叹息。

你以为只有我如此操心他们的人生吗？

不，全班乃至全校的人都看着呢。

别人看是因为他们平均一个月换一次女朋友/男朋友，我看是因为平均一个月我来一次大姨妈。

他们在充满诅咒的中学生活中度过了快乐的两年，把那些看星星晒月亮折千纸鹤拍大头照戴情侣戒把情书写在香喷喷的卫生纸上来来回回的事一件不落地干遍了。

我等待着，等待着。

三

高三如期而至，学校因为资金问题出现危机，这届的学生分流到其他中学。她转校了，靠着父母关系进了不错的重点班。

这里面，没他啥事。

我靠着好成绩被一所学校看中，当时我就一个条件，带上他。

我圣母玛利亚的心立马被他粉碎。

他进不了她的那所学校，竟然选择旁边的一家私办补习班！就是租个民房找几个野鸡老师专门给复读生准备的那种。

那是高考，是人生好吗？！

我第一次知道，有些人原来可以为了另外一个完全不相干的人，完全偏离了我认为更正确的轨迹。也许在他眼里，跟她相关的轨迹才是正确的，他的运行从此只跟着她转了。

他们之间如同卫星，用互相围绕着公转来表达彼此的情意。在分别的那些日子里，各自的生活和面临的选择就如同自转，但独立体的命运从来不会脱离这个轨迹。

如果说自转是因为生命的使然，那公转已经超出了这个意义。

高考的前几天，他满大街的找水晶兔子，就是为了她网名里边的一个“兔”字。

她在新校园的微笑里，带着一股对异性疏离的淡漠，就是为了内心已经装满了一个人。

四

后来，后来的五年，全装在整箱的电话卡和车票里；装在成沓的信封里；装在夜间网吧的企鹅头像里……

她顺利上大学，选择了英语专业。满脸的小粉刺没了，乌亮的头发流到腰上，整个人瘦了一圈。温声细语的少女身上贴来很多热烈的眼神，但最后都在她一成不变的微笑里慢慢冷却下来。

我不知道她是怎么熬过一个个痛经的夜晚，熬过那些感冒发烧头痛的脆弱，熬过室友约会归来的甜蜜，熬过无数的思念和不确定的绝望……最后都溶成一汪水，抚慰远方的爱人，给这段爱情一次次注入力量。

他背上简单的行囊，去了深圳，在工厂流汗的缝隙里一边上夜大，一边守候这份感情。那时候有羞涩的少女把一瓶子手折的星星塞给他，他放在门外整整一个月没拿回去；每一次孤寂和想念最后都变成一个人的名字。

那时候，他们还没用上手机，一封信要等上一个星期，有时还没等到对方收到信就忍不住写下一封；

等她放月假时，他们约在网吧，一起点亮企鹅头像，在视频里互相看着傻笑；

每次下班或者下课时，他把电话卡插进去，小小的电话亭把门一关就是爱的天堂。

她的室友都知道她的电话男友，电话铃声一响她就飞奔过去；她会听电话那头的车鸣声或者下雨声，想象他的面容和表情；有时候两个人握着话筒什么都不说，静静地听彼此的呼吸。

如果你会关注一个陌生城市的天气，那里一定住着我们牵挂的人。但是没法送上伞的悲伤，大概只有他们才懂吧。

不知道从什么时候，我扮演的角色从恶毒后母变成了拯救世间受苦受难情侣们的月老（喂，月老不是只管乱牵线不负责的吗？）了，每次他们之间出现了一些语言或者文字也没法解决的问题时，我就会过去她学校一趟（我们大学在同一个城市），两个人挤在宿舍小小的床上，听她的快乐和悲伤，这份爱情我从来只是旁观，可是许多次我酸了鼻腔。

终于熬到毕业后，从来不出远门的她义无反顾地来到深圳，王子和公主从此幸福地生活在一起啦。

是这样吗?

她找到专业对口的工作，凭着自己的实力和严谨顺风顺水地走上小康之路；

他一心要让自己的女人过上好日子，却因为眼高手低屡屡碰壁，意志消沉。

很多爱情没有败给距离，最后却因为现实生活的无奈而分手。

他跟别人合伙创业被骗后一蹶不振，天天躺在家里，对找工作也完全没有兴趣。

她每天早上煮好早餐出门上班，还留个便利贴在冰箱上嘱咐他吃午饭，晚上拉着他出去散步聊天，从不开口提找工作的事，有时候为了避免伤他自尊，她连措辞都变得小心翼翼。

都说人穷志短，他在这种困境下丝毫看不到女孩的付出，甚至为了一两个字眼而起争执，变得完全不讲道理。

我正义的心又开始看不下去了，真心实意地劝她，分了吧，天下好男人那么多何必吊死在一棵树下，就算在一起很多年又怎么样，选错了就要知错就改哪能将错就错一错再错……

她摇头，说，你不会懂。

是的，我不懂。

她痛经，每次他都提前准备好红糖姜水，有时候听说上班时候痛得厉害就直接打车把她接回家；听说泡脚对身体好，他每天打好热水给她泡脚擦干净抱上床；因为她喜欢吃某个菜可以一个月不换食谱；他所有的密码全部都是她的生日；每次节假日都会精心准备给她惊喜，甚至威逼我也写好祝词跪送给他的女王；她些微流露出对某个东西的兴趣，他回头一声不吭就买下了；她家人的生日他全部记得，会提前准备礼物打电话问候；她遇到的所有困难都是他的困难，会想尽办法为她解决；有时候为了揣测对她的心意，他可以做出个广大妇女问卷调查来……

一个人有那么多的好，可是我们大多数人会因为对方一点两点不好就全部否定了这些。拆毁重建是我们擅长的事，当感情出现问题时，我们习惯了重新开始，在越来越浮躁的年代，可以很随便地喜欢上一个人，却很难守住一份感情。

但是他们在这些飓风旋涡中却从来不曾松开过彼此的手，紧紧拽住，好像拽着自己的生命，直到迎来风平浪静。

不管人生遭遇怎样的灰暗，对他们来说，总有一道光照在脚下，彼此扶持，走过一个个坎。就好像游戏中沉默的搭档，配合默契地一路打怪升级。而所有的荣耀，属于他们彼此。

就像他现在找到了自己喜爱的事业，稳步成长，可以用尽力量去宠爱自己的女人，把生活过得铺满鲜花和阳光；就像她，可以天天挂着全世界最幸福女人的表情，把甜蜜煲进汤里，滋养这份最普通也最珍贵的感情。

他们其实没有什么故事，除了在一起。

对了，他是我胞弟，她，现在是我弟妹。

谨以此文，献给他们，纪念日快乐。

下一个十年，应该会有人问

他们还在一起吗？

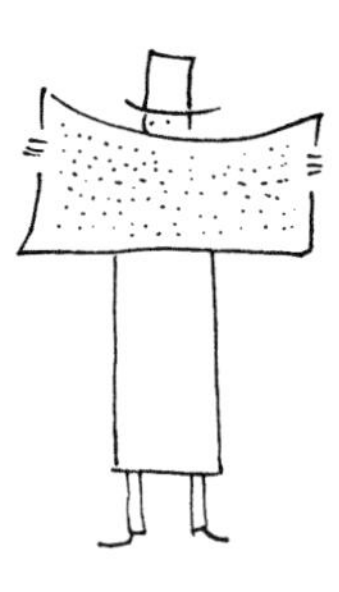

我给你讲个爱情故事

有一年暑假，我去朋友家玩。她家乡是一个很古老的南方小镇，路面铺着大块的青石板，街巷屋檐底下总是流溢出旧时光的味道，一不小心就把自己困在诗意里出不来。

那些天总是下着淋淋漓漓的小雨，我没有撑着油纸伞去邂逅丁香姑娘，而是盘腿坐在老藤椅上，看着一线线水珠把院子洗得清澈透亮。

“松儿啊！回家吃饭咯。”

每到晚上的时候，我总能听到这样的呼唤声。刚开始以为是哪家淘气孩子的妈妈在叫唤，但是听几次就觉着不对。

那声音不像在呼唤贪玩的孩子，而是透着凄厉和绝望。

深夜里那一声紧一声的呼唤让我禁不住发冷，即使是大夏天的。

我问朋友，那是谁？

朋友怅惋，那是个可怜的母亲。

母亲是从外地嫁过来小镇的，那时候我朋友还没出生呢。

她生了一个儿子，叫松儿，没多久，松儿的父亲就病逝了。

松儿跟母亲相依为命，把苦日子过得清贫宁和。

因为是外地人，母亲跟大家的关系并不熟络。尤其是在男人病逝后，她几乎跟人都不太说话。

那个年代并没有很多的谋生之计，她用一个单身母亲的隐忍和倔强，靠给人洗衣缝补、采摘野味来维持生计和孩子的学业。

她把所有的爱倾注在松儿身上。

有多爱呢？

那时候一般人家的孩子都是穿自家缝制的布鞋，可松儿就有一双亮晶晶的小皮鞋，这个衣服干净整洁的小孩身上，没有一点贫苦的味道。

母亲把报纸收集了糊满孩子的房间，还讲究色调深浅的搭配，房间虽然破旧，但是一尘不染。

她从不贸然去孩子房间打扰他的学习。

她最喜欢跟人家说的一句话就是："我家孩子又考了第一呢！你看，这是奖状……"

松儿很争气，不但学业好，待人也很有礼貌，空闲时间都会帮着母亲一起做家务，帮她把一家家洗好的衣物送过去。

人们哀叹母亲命运不幸，也赞叹她有个好孩子，算是老天补偿。

松儿就是母亲的天，是她活着的使命，是她之所以是她的全部意义。

转眼小小少年已经长大成人，他考上了一所非常好的大学，是那个城市唯一被录取的学生，用当时父辈的话说就是，出了个状元啊！

政府派人慰问母亲，赞她养了个好孩子，是他们小镇的骄傲。

街坊邻舍送了鸡蛋肉食品，祝贺她苦日子快到头了。

母亲笑眯眯地点头，她已经不年轻了，乌青的大辫子缩水成一个细细的小麻花。

她搓着长满老茧的手，对往来的每一个人开心地笑。

大二那年，松儿带回来一个姑娘，叫琼，美玉的意思。

小镇上的人都被惊艳了。琼高挑苗条，偏偏还穿着一身合体的旗袍，白玉似的脚上系着细带高跟小凉鞋，美得不像话。

金童玉女般的两人走在青石路面上，十指相扣，偶尔耳鬓厮磨，那画面说不出的和谐美好。

母亲慌了神，把桌子茶具擦得发亮，好像这样就可以擦掉贫苦的痕迹；她一遍遍掸着其实并不凌乱的衣角，那股自卑在琼的大家闺秀气质下，像水汽般蒸腾起来。

琼羞红了脸，为着初次见面的羞涩，也为了母亲的尴尬。

母亲做了一碗不起眼的菜推到琼面前，说：“这是当地的野味，你们城里吃不到的。”

后来琼才知道，这种野菜长在半山腰上，那一碗菜是母亲在山上几个小时辛苦得来的。

晚上琼跟母亲睡在一个房里，母亲怕她脚冷，想用手焐着，刚碰到琼，她小脚一缩。

母亲笑：“哎呀忘了，我这手上老茧厚，怕是弄疼你了。”

然后把琼的脚夹在自己腋下，最温热柔软的地方。

那次之后，琼每个寒暑假都会过来这个小镇，她很自然地跟着松儿叫母亲。大家都打趣她“送上来这么个漂亮媳妇！”

小镇青石板的每个角落，都盖满了两个人的脚印，还有那些让人脸红的温柔，在幽深小巷中悄悄地细语。

松儿等待着毕业后分配工作，然后跟琼结婚生子，用这个古老的小镇来收藏这个幸福的故事。

母亲也这么期待，小镇上的人都这么认为。

但是最后一年的暑期，琼没有来小镇了。

松儿把自己关在房间，不言不语，也没提工作分配的事。

母亲过了很久才知道，琼是高官子弟，父母并不看好这对门不当户不对的小情侣，为了断绝琼的念想，他们把女儿锁在家里了。

琼的父母劝告松儿，别再纠缠她，否则连工作机会都会丢了。

那年头，工作都是国家分配，松儿所在学校的毕业生，都得了不错的工作机会。

松儿不肯放弃琼，也不愿意多年来的付出和期待落空。但是他别无他法。

母亲做了一个惊人的决定，她嘱咐邻舍帮忙看好松儿，背个小布包揣上干粮就出门了。

一个从来没有出过远门的老妇人，身无分文，靠着脚，走到琼所在的城市，还找着她的父母。

这里面的难度，我无法想象。但是母亲做到了。

一个多月后，母亲出现在小镇上，形容憔悴仿若乞丐。

松儿奔出来，握住母亲的手，定定地看着她。

母亲长叹一口气，缓缓摇头。

松儿放开母亲，仰头大笑，那声音更像在哭泣，他转头向外狂奔。

在那以后，松儿再也没回过家，他在小镇上像个幽灵般穿梭。

母亲总是拎着饭跟在后面跑，有时候松儿跑不见了，她就急切地问小镇上每个人：

“看见我家松儿了吗？”小镇上的人都叹息摇头。

母亲放开路人，一声声喊：“松儿，回家吃饭咯！”

松儿跌进了几米深的石灰坑，捞上来的时候像个石膏像。

母亲推开那个硬邦邦的身体，说：“这不是我家松儿呢！”

她在小镇上来来回回地寻。

“松儿，回家吃饭咯！”

过了十年吧，有个穿着旗袍踩着细带高跟鞋的女子出现在小镇上。

大家惊呼，琼回来了！还是这样年轻！

琼把疯癫的母亲带回老房子，帮忙打扫做饭照顾她，一待就是几个月。

松儿已经走了，但是没人告诉她个中细节。

琼最后还是知道了，她吐出一口鲜血，趴在青石板路上久久没有起来。

几天后琼回到了自己城市，不久就传来她自杀的消息。琼的父母带着骨灰盒来到小镇。

有人感慨，这又是何苦？那个时候，她已经结婚育有两个孩子了。

也许这些年来那种熟悉的，始终挥之不去的感觉——生命中缺失了某个至关重要的人，也在时间的流逝下变得暗淡下去了。

但它还会出现，甚至来势汹汹，并且出其不意地击中她，最终带走了她。

母亲一直孤单地活在小镇上，活到很多人出生，很多人死去，很多人忘记了这个故事。

那青石板上一直飘着她凄厉的呼唤声。

“松儿，回家吃饭咯！”

故事说完，朋友良久沉默。

我陪着沉默，想起了一句话，说：

“我能想到的最不计后果，最没有理性的事，就是为人父母吧！”

你看，其实这并不是一个爱情故事呢。

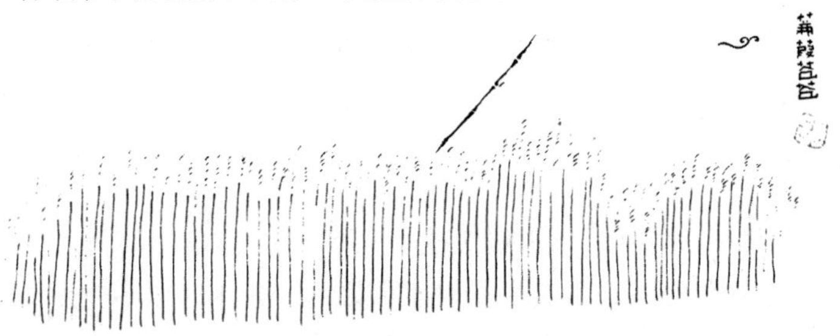

“爷爷”的爱情

一

我管我奶奶叫爷爷，不仅是我，大丫和弟弟也都是这么叫。

小时候同学去我家，听我叫爷爷都露出很怪异的表情，以为我这么大人了还雌雄不辨。

这个疑问也在我心里存着，等大一点了，我就忍不住问她，为什么我的奶奶是叫爷爷啊？

奶奶眯着眼睛半天没说话，爸爸在旁边解释，你爷爷过世得早，你从来没见过他，所以管奶奶叫爷爷，表示代替他做一家之主。

那时候我不知道，其实这是奶奶纪念爷爷的一种方式：代替死者好好活下去。

奶奶那一辈人，婚姻几乎完全没有自由，谈爱情是一件奢侈的事。

她三岁生父去世，接着母亲改嫁，随后母亲又去世，继父继母将她送到富裕人家，做了童养媳。那一年她八岁，她的准丈夫，也就是我爷爷，才六岁。

我问奶奶，还记得娘家的人吗？

奶奶笑着回忆说，其实继父对她很好的，她小时候不吃肥肉，继父会把肥的部分咬了，剩下瘦肉放到她碗里。只是后来日子太艰难，身不由己。

她只提过这一件事，我却记得特别深刻，脑子里有一副画面：小姑娘织着乌油油的辫子坐在桌前，看继父把去了肥腻部分的瘦肉拣到她碗里，这爱朴实又动人。

二

奶奶叫曹玉珍，她没上过一天学，只认识自己的名字，还有中国的中。爷爷是地主的儿子，家境富裕，请了先生教学，成天在她面前趾高气扬。

下了学，他把刚学的东西在奶奶面前显摆，然后摆一副不情不愿地样子，教奶奶写字。奶奶最先学会的，是她的名字。

都不过是几岁的孩子，在一起难免会斗嘴吵架，生气的时候，奶奶那条乌油油的辫子就会跑到爷爷手里。

倒是叫我想起准备跟前夫决战的李雪莲（书名《我不是潘金莲》），出发前先去把头发绞了，倒也不无道理呀。

童养媳的委屈和隐忍自然是有很多的，奶奶从来不曾提起过，但是现在看她每次生气时就会不停地干活这个习惯，也能猜出一二。

长大成年的奶奶从爷爷的童年玩伴变成了妻子，然后生儿育女，经历了那个时代背景下种种的风雨，许多的苦和痛都被时间抚平，活下来的人就能获得转机。

但这样的转机，爷爷并没有。

他 50 岁的时候，因为青光眼失明了，后来不慎掉进水库淹死。这位不曾谋面的爷爷，把先天性高眼压遗传给了我，用这种方式叫我默默纪念和猜想他的过往。

童年失去双亲，青年失去儿女，中年又失去丈夫，奶奶的苦梦一直不曾离去，但是我看不出任何苦涩停留在她眼中。

我总觉得，命运给了她一个家，再塞给她一个男人，对这个毫无选择的女人来说，是谈不上爱或者欢喜的。

三

偶尔，我缠着奶奶，让她讲讲过去。

在她的叙述中，我看到一个穿着白布褂子青黑绸裤的男子，眉目清秀，写字极漂亮，我爸爸和叔叔他们的毛笔字也是写得极好看的。

爷爷喜欢吃奶奶晒的南瓜糕，是切片蒸熟后，沾上芝麻香油橘皮晒干做成的。南瓜糕甜，医生嘱咐少吃，可爷爷断不了。奶奶就把配料中的冰糖去掉，每天控制爷爷的量。

她做了整坛的南瓜糕，放在衣柜里，然后躲在角落看失了明的爷爷偷偷摸过去，抓一手往怀里塞，还四处张望怕被人看到。

奶奶说起这个的时候满嘴角的笑，这是她跟爷爷之间的一个游戏，她从来不揭穿他，还乐此不疲。

那个陈年衣柜里，还有爷爷的一套白绸褂子，一双千层底布鞋，一把折扇。

奶奶每年都会拿出来晒一晒，我问，干吗不丢了，都老古董了又没人穿。

她摇头，这做工当年花了好几吊铜钱的，贵着呢！

当年自动把家产献出去，又失去丈夫的奶奶，带着十多个儿女，吃尽苦头，对钱是极度珍视和尊重的，所以她留着爷爷的衣物，脱口而出的也是关乎一个“钱”字。

这，大概不算爱吧？我极力去揣测她的心思，还是想不明白。

有人告诉奶奶，你那是旧时代包办婚姻，是受害者，要给自己当家做主，跟过去告别，开启新生活。

奶奶摇头，什么新生活旧生活，我就是国光的妻子，他死了也不会有什么改变。

那时的夫妻，没有结婚证，但是上了族谱，就是一辈子的事。

四

等我上中学的时候，我对自由的认识越来越深刻，奶奶过去的生活在我眼里就变得不可思议起来。

我郑重地问她，你喜欢爷爷吗？

在我眼里，伴着一个不喜欢的男人，从童年到中年，乃至他死了还是顶着这样的名头过日子，简直是难以想象的。

奶奶不急着说话，摇着蒲扇，把一双粉色的小脚搁在凳子上，那张她跟爷爷睡了很多年，从老房子搬到新房子的红木雕大床上飘着白纱蚊帐，房间里有檀香肥皂的味道。

她一辈子酷爱檀香肥皂的气味，到七八十岁了，还会采春天的新柳烧成眉笔，每天早上极认真地描上眉毛；

一头乌发剪到齐耳，每天抹上茶油，梳得一丝不苟；脸上的绒毛会拿线滚了干净，再把劈开的筷子夹住刘海，绞出弯弯的形状。

那老一派的爱美程序，叫我着迷。

后来我趴在她旁边的藤椅上睡着了，也许奶奶告诉过我，她是不是喜欢爷爷，可是我没听到，或者记不住了。

五

奶奶去世后，本来是要跟爷爷合葬的，但她已是族里辈分极高的老人，子孙辈选了个跟爷爷墓地相邻的地方，让她安息。

爷爷的绸衣裤，跟着奶奶一起下葬，听说，是她的意思。

她留了一只耳环给我，我把它做成戒指挂在胸前。

生前，她曾做了一个梦，说梦到我结婚了，穿着大红嫁衣，新郎站在旁边，长得很斯文，端着茶向她敬礼。我想再问问，那个男人长什么样，她摇头说不记得了。

命运夺走了她的亲生父母和家庭，不容辩驳地塞给她一个男人，等到习惯彼此时又拿走他，苦难也夺去过她很多子女的生命，她把这一切隐忍下来，在最苦的日子里也没有忘记女子梳妆打扮的那套程序。

这是奶奶的生活智慧，我过了很久才想明白。也就不纠结，她和爷爷之间，是否有过爱情了。

听说，你还靠着爱情吃饭？

高中暑假的时候，我曾经办了一个假身份证和学历证书，跑到深圳实习。

那时候电子查询系统没那么普及，人事部也不会较真到给自己增加工作量，偷偷去查证你的过往，当然这也是一个概率问题。

深圳的高楼大厦和洪流般的人群吓到我了。

那时我连过马路都不太会，经常闯红绿灯，给人发传单一不小心就被骗到大叔家里，机智如我见机不对马上溜走了。

溜出来后，我见到候在马路边上的阿珍，她一见我就劈头盖脸地骂了我一顿。

你真的是哪天被人卖了也不知道哦！

阿珍是我实习单位的同事，她来这也没多久，一头短发，经常带着运动头套，瓜子脸上有浅浅的晒斑，两只眼睛又细又长，很有特色。

我红着脸，低着头，一声不吭。阿珍骂完之后，感觉很解气，就带我去华强北附近一个甜品店吃东西。

记得当时点了两份红豆双皮奶，两对鸡翅，一小份牛排，一份水果沙拉。我虽然很饿，但是看着那些刀叉不知所措。

阿珍很优雅地切给我看，然后用叉子送到嘴里，动作行云流水，有说不出的美感。

我一切，刀叉就发出很奇怪的声响，再用力，食物飞到桌上了，把叉子放一边，又是一声奇怪的声响。

至此，我深深地恨上了刀叉，食物已经没法安慰我受伤的自尊（到现在我也很讨厌吃西餐）。阿珍快活地笑起来，安慰我说第一次都这样啦，然后切好放到我面前，又问服务员要了一双筷子。

我想反驳，说自己并不是第一次用刀叉，但羞耻已经让我说不出话来。

这个下午茶吃得我万分尴尬，阿珍倒是一点都不在意。

她说我刚把手上的戒指卖了，拿了几百块钱，够我们吃这顿点心。

我见过那个戒指，就是普普通通的一个小银圈，因为戴得时间长了，还染上了一点暗暗的灰色。

我不解地看着她，那个戒指对她来说大概有很深的意义吧？

阿珍拿过纸巾，很优雅地擦擦嘴，说，没事的啦，能换点吃的也是很好的。

虽然来这边只短短十多天，但是我也被八卦的同事告知了阿珍的过往。

她来这里之前，睡天桥十多天了。因为积极主动坚持不懈地自我推荐，市场部经理给了她一次机会，让她带着自己那几件旧衣服去了员工宿舍，开始这份工作。

阿珍年轻的时候，并不是这样落魄。

她十几岁来到深圳，长得漂亮有特色，性格也开朗大方，所以从来不乏追求者。她在奶茶店当服务员，爱慕者会排着队来买东西，就为了她甜甜的一笑。

一个美国小伙子，求人写着“晚上一起吃饭吧”的纸牌子，在下班的时间点天天候着她。

这样的姑娘，被爱慕和鲜花包围着，心思也再简单不过，最后跟当地一个小富二代过起了情侣生活。

她把工作辞了，搬到男友的公寓，每天收拾好家里，等他回来两个人一起出去吃饭，从罗湖到福田、南山、宝安，把能吃的知名美餐尝了个遍，然后疯狂地做爱，恨不得用尽此生的爱恋。

阿珍那时候还小，男友也是个小孩子，小孩子的恋爱，掌控在大人的手中。等男友的父母断了他的经济来源时，阿珍就被迫跟男友分手了。

两年的幸福好像做梦一样，只留了手上那个唯一靠男友工资买下来的小银圈。

阿珍曾经被恋爱滋养着，往后也只会为恋爱而生。

她抓住每一个为自己青春所吸引的男人，谈了一场又一场的恋爱，所剩下的生存技能，似乎也只有恋爱。

我想起了井原西鹤的《好色一代女》，那个曾经靠着美色与爱恋情欲颠倒众生的女主角，随着年岁地增长，容貌渐衰，从一个男人碾转到另一个男人家里，一生坎坷，凄凉悲苦。

假如阿珍能在过往的任何一场爱恋中，稍微看清本质，把时间和精力投注在工作上，大概也不会像今天，只懂如何优雅地切一块牛排。

那次下午茶之后，30多岁的阿珍又没了消息，听朋友说她去了一家洗浴中心，学按摩理疗，想自食其力，以后自己开店。

算一算已经8年过去了，我们早就在茫茫人海中失去了联系。但我时常会想起这个细长眉眼的姐姐来，也许她已经积攒了一些钱，如她所说，自己开了一家理疗小店，把生活渐渐过得舒适体面起来。

虽然从30多岁起步，有一点晚，但终究是开始找到自己了。

当把爱情留下的最后一个小银圈换成食物之后，大概阿珍就已经决定，做一个不再以爱情为生的女子了。

我很想念她，也时时想起，那枚戒指。

一花一世界

我只是想和你在一起

决明子是个女生，齐肩膀的微卷发，染成了浅浅的蓝色，笑起来特别放肆。

我在骑车的时候认识她的，当时场面有点尴尬。

黄昏时候的荒郊野外，光剩一块巨大的裸石横在拐角处，我停下来准备歇息，却听到水声潺潺，一个女孩靠着石头背对我，蹲在那尿得正欢，嘴里还哼着歌。

我惊呆了，忘记转身，女孩回过头嫣然一笑，说，带纸没?

说起来，她也不算长得漂亮的女生。

因为长期在外面跑，一张脸干干地起了小细纹，头发乱糟糟的，马丁靴上总是能看到一些泥渍，衣服看起来像顺手在衣柜里取出随意套上的，而且总是忘记穿内衣。

这样粗糙慵懒的一个女孩，笑起来却光芒四射，牙齿亮晶晶的，眼睛亮晶晶的，这种前后反差反倒显出一股生动的魅力来。

我们同行过一段路程。

好的旅伴是，感觉不到对方的存在，对你有半点羁绊或影响，可以凑一起吃火锅喝小酒，也会分头行动各找各的心头圣地。

决明子在这方面绝对是一个好旅伴，所以回来后我们一直有联系，当然，不是很勤快的那种。

她不是个讲客气的人，把冷血和漠然看得理所当然，偶尔我会心生失望，但是舒坦的成分更多。

曾经我以为，她跟我在很大程度上是相似的。心情好的时候让人感觉热情如火，但是冷漠起来也是令人发指。

我们待人的态度全凭心情，可以彬彬有礼，也可能蛮横撒泼，自私自利，一切以自我为中心。

她应该跟我一样自私的，所以我们喜爱对方，也是出于对自我的肯定和欢喜，这种感情真实而浅薄。

一直到，她贼兮兮地跟我分享，她的爱情。

在雪山谷时候，我们听到过有人吹埙，那种苍凉浑厚的声音惊得人灵魂出窍，决明子跟我一样张着嘴久久不能回神。

这个事，后来我就忘了。但是她没忘。

她回 z 市后，查了很多关于这个古老乐器的资料，下载了几百首曲子反反复复地听，这还不够，她说想学这个乐器。

我嘲笑她，你连睡眠曲都哼不好的人，一双拳头揍人也就算了，还想玩乐器？

没多久，她就告诉我恋爱了。

决明子爱上了她的老师，一个玩音乐的风流才子。

“他就靠在门上，闭着眼睛吹埙，身体随着乐声轻轻摆动，身上有股很淡的烟味……”

我受不了她的描述，一拳头砸过去，烟味很臭的好不好？

决明子浑然不觉我的嘲讽，一双眼睛闪着恋爱的女人才有的光彩，笑得傻傻的，说：他那样子看起来真好吃！

我也跟着笑了，可是心里有点难过。

这个女人居然爱上了自己以外的人，她跟我不一样了，我感到一种被挚友背叛的痛楚。

决明子每天去上课，却连基本的指法都没学会，她一看到老师，心里就慌了神，害了羞。老师告诉她用腹腔呼吸，拉过她的手放在自己腹部，示范正确的气息吐纳。

可是她只感觉到了老师的腹肌，脑子短了路。

这个样子，肯定是没法好好学乐器的。

决明子喜欢他，但并不喜欢傻了的自己。她发了个信息给我，买票去了一个东南亚小国。

结果半路出了车祸，照片上的决明子全身裹得严严实实，额角淌着血，对着镜头比了一个中指，嘴角挂着冷冷地笑，她又变回了我认识的样子。

我问她，还活着呢？过了很久她回我：大家都在调侃我，只有他打电话给我了，有些紧张地问，你还好吗？

妈的，他肯定也是喜欢上我了……

拉倒吧，那不过是泡妞技巧之一。

在生死线上跑了一遭回来的决明子，没皮没脸地投入到这场恋爱中去了。她心里没了半点顾忌，哪怕变成跟以前全然不同的模样，也不再犹豫害怕。

在这场恋爱中，她终于学会把一个自己之外的人看得很重要，并且甘之如饴了，我既遗憾，又羡慕，因为我还是那个只会抱着自己取暖的人。

决明子的私人博客里出现了大段大段的抒情文字，我从里面读出了一个柔情似水的女子模样，眉梢眼角都是风情。

那里有浅浅的吉他弹唱，有依偎在怀的呢喃，有窗台飘过的花瓣，有深夜幽会的欣喜，也有山山水水月光星眸的凝望……

她的幸福那么明显，隔着大半个中国，隔着电脑手机，依旧浓郁地涌出来，让我沉默，让我叹息。

花开得最旺的时候，离颓败也不远了。

就好像一份爱情，最终都要走到结尾。

温柔的老师早就有了家室，决明子的幸福，不过是偷另外一个女人的。我问她，难道你现在才知道做了这样一个可笑的角色么？

决明子笑了，笑得眼睛里亮晶晶的涌出液体来，她说，你不知道女人是多聪明的动物吗？我早在上第一节课的时候，就已经明白。

她说，我不渴望爱情，我也不需要男人，我只是喜欢他，想跟他在一起。我只是，想跟他在一起罢了。

可是你能躲在这份虚假的幸福背后多久呢？

一旦撕开了放在太阳底下，之前的多少隐忍退让牺牲都没有了意义，不光是你没法面对另外一个女人，他也同样没有这样的勇气和担当。

到都最后，你不过还是人家的一段回忆，人家家庭一个不和谐的插曲，你只能被放弃。

决明子不说话，只是浅浅地笑。

我心疼她，又有种莫名的安慰，这段孽情终结了，你也回来了，从此以后，你再也不会用胜过自己的情感去对待别人了。

你，终于又和我一样了。我们自私自利，只爱自己。也，只能和自己在一起。

爱就这样死掉了

我发誓,谁再向我倾诉她的感情问题,我一定掩上耳朵再也不听了,不不不，我连看也不看一眼了。

真的，那些愚蠢的小妞儿在跟我聊这些的时候，问题的本质就已经显现得清清楚楚了，可她们还要死要活地折磨自己，给这份感情找遍借口，还叫我给一个建议。

就像我的室友阿茳一样。

在我看来，她已经陷入情感的泥坑，虽然哀怨着向我泣诉，却拒绝把手递给想拉她出来的我。不过阿茳可不这么想，她私下里跟别人说我，没有经历过刻骨铭心的爱，根本不懂怎么去爱一个人，也不懂感情身不由己的妙处。

几个月前，我们的关系还是十分友爱的，作为室友，我目睹了她的男朋友是怎样背叛她，还死不承认的过程。

那个操着江南口音的女人打电话过来，把她跟那个男人的丑事抖出来，叫嚣着让阿茳滚出他们的世界。阿茳当时在敷面膜，她让我帮忙开外音，这通电话直接把她轰成兵马俑了。

我本来不太信这个女人的话，阿茳男友给我印象一直都是个很朴实的男人，但是她说太多了，那些细节和情话，详细具体到我想起就会脸红。

“那些话，他也对我说过！”

阿茳沉默良久后憋出这句话，坐实了男友边城出轨的事实。

问题是，这个出轨风波已经过去几个月了，阿茳和男友边城的关系在改善，不再像那番电话后的寒冬般疏离，当初安慰她的我反倒成了他们之间唯一的间隙。

以前她男友边城经常在下班的时候过来我们这边蹭饭吃。那时候阿茳在厨房里忙碌，客厅电视机里放着宫妆美人剧，边城抱着手机打游戏，或者倒沙发上呼噜大睡。

因为我不喜欢烟味，边城烟瘾犯了就跑阳台上抽烟，他隔着玻璃对阿茳喊，亲爱的，好香啊，快饿死啦！

阿茳系着围裙在逼仄的小厨房忙碌，娇嗔道，马上就好了，你真是饿死鬼投胎！

我虽然不太喜欢私人空间里偶尔多了个男人的感觉，好在边城也不太坏，总是会买些水果零食，还帮忙修电脑，换个灯泡什么的，但是这都抵消不了他出轨的错误，阿茳哭肿的眼泡儿还没 给过他好脸色。

边城当然抵死不肯承认，说是被冤枉的， 住阿茳的胳膊，不住地说 事情的真相。

阿茳尖叫哭 自己却跌坐在地上。当时他们就在 太狼狈了。

我架着 再来烦她。

阿茳 细长身材，皮肤白净得在阳光底下会透光，笑起来咯 只小母鸡，总之她是一个很快活的姑娘。

湛江，周末回去也就一个多小时，白皙的手指能做出一桌然后窝在家里看一整天泡沫剧，神情快快。

她告诉我，她会经常跟边城讨论那个女人，一直谈到两个人撕破脸不欢而散，然后边城又跑过来讨好安慰她，这种局面重复重复又重复，直到两个人精疲力竭。

我对阿茫说，你太敏感，你根本就不可能回到以前的心境了，何苦折磨自己。

后来，阿茫跟我说，要跟边城结婚了，准备先去海南旅游一趟，算是订婚。

我猜，她要给自己一个决断了，这份感情，要么绑在一起沉下去，要么就从此陌路不再相见。

第四天的深夜两点，阿茫回来了，把门拍得咚咚响，我打开门，她快速闪进去，然后扑到自己房间的床上，缩成一团不停地抖。

我走过去，抱住她，问怎么回事？

阿茫像只受到惊吓的野兽，头发杂乱，使劲搂住自己的肩膀，我发现她手上沾满了血迹。

到底怎么回事？！哪受伤了？

我慌张地检查她的身体，阿茫哭起来，喊，他要杀了我！他要杀了我！

我打电话给边城，显示是关机的。

阿茫什么都不肯说，只是一个劲儿地哭，哭到最后嗓子哑了，全身虚脱，躺在我怀里迷迷糊糊睡过去，我看着她苍白憔悴的脸，既憎恶又心疼。

第二天她醒来，又是一行眼泪落下来，问，边城呢？

她忽然慌起来了，说边城准备杀了她再自杀，怎么办？他说不定已经自杀了，快报警！

说着阿茳挣扎着起床找手机，我按不住她，气得一巴掌甩过去，说，他在派出所好好的呢！没事！

阿茳瞪着眼睛看我，难以置信。

嫖娼，被抓了。

这他哥们儿发过来的信息，你自己看吧！蠢女人！

我走出去不再理睬她，顺手把门关上，她应该不会再想不开了。

所有告诉人真相的记忆都不美好，但你总得接受这个事实。

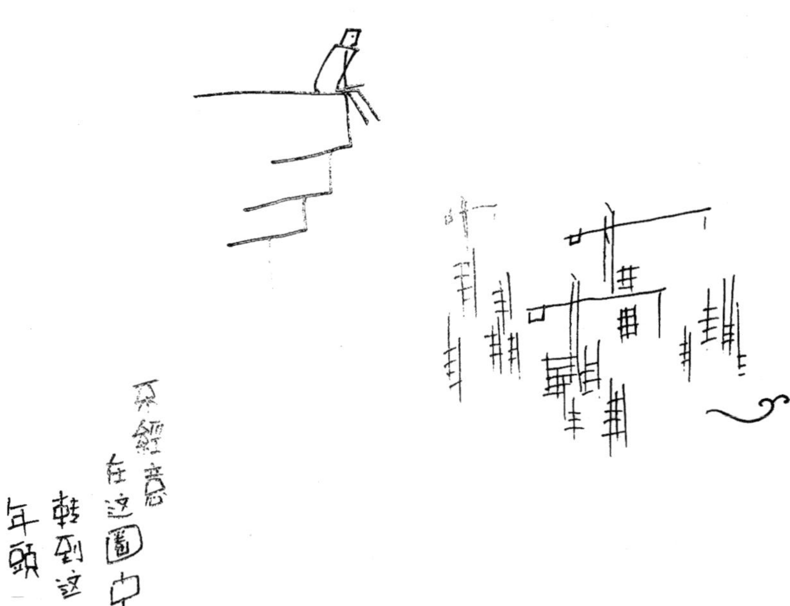

我们谈爱，也谈钱

理想的爱情状态。

二十出头的年纪，我跟大丫说：我要赚很多很多的钱，这样不至于有一天让我的爱情妥协于现实。

我只管跟他精神相融，身体相交，风花雪月，不涉及一点利益关系。

面包我买，口红我买，我喂饱自己还负责貌美如花，我们之间除了爱情，不得有任何杂质掺和。

说这话的时候，我恨不得立马爱上一个一贫如洗的吟唱诗人，以证明我的爱情有多高尚。

大丫笑话我：爱情的本质，是脱不开利益关系的。

我嗤之以鼻：我跟那些拜金女不一样。

我的第一段感情，真的是如我所期，干净得只剩下爱。

那时候我一边还助学贷款，一边艰难地维持着自己高尚的爱情。两个人交往，经常是这次你买单，下次一定换我请你。

好在，他也不觉得有什么不妥。

出去吃饭，他从来都是带我去吃路边摊，我觉得做人不能太世俗，所以强抑制住内心的不悦。

他叫朋友出来吃夜宵，我陪坐着喝酒聊天到凌晨，快到结账时，他们互相拉着对方说要买单，因为意见没有统一，所以都没起身。

我尴尬成癌，起身去把单买了。

送我回家的路上，他笑吟吟地看着我说：乖，你真懂事！

他给自己买了一万多的户外装备，然后深情款款地对我说：亲，再加十块钱可以赠一个价值300多的水杯呢，我送你吧！

我隐隐觉得有什么东西在心里滋生，可是我说不上来是什么，只回笑：谢谢你，我真开心。

有一次，他加班，打电话给我说，想吃宵夜。我正好在附近，于是打包了几大份夜宵拎过去。

当时大冬天的，我拎着重物气喘吁吁地进来，冻得手指僵冷。

他一边打电话，一边把餐盒分给加班的同事，吃到一半才想起我的存在，然后看着我说：很好，你在我心里又加了一分了。

就是那一刻起，我决定跟这个人分手了。

滚，我又不是一个物件，更不是等着你来打分受恩宠的。

那一天，我意识之前心里滋生的想法：

爱情是最好的老师，它教会了我怎么竭尽所能地对一个人好，而所有爱的表现方式，都是需要成本的，其中就包括，为对方花钱。

因为感情是一个很抽象的东西，太过于抽象就很难建立一个合适的标准，没有标准，就无所谓责任和担当，也没有可以量化的付出和爱。

钱这个东西，就是那个标准。我不会因为钱去爱你，但是会因为你不肯为我花钱而放弃这份虚假的感情。

而当年我急于把爱跟钱撇清关系，只是因为我太穷，我太在意钱了。

我再来说一个有钱的例子。

杉杉是我的大学同学，家里很有钱，从小没为钱发过愁的那种。她跟她男朋友在实习的时候认识的，两个人看起来特别合拍。

但是没多久，杉杉就有了苦恼。

她跟我说：男友对她挺体贴的，但是总觉得他不够大气。

怎么不够大气呢？

出去开房都是她掏钱，男方不肯戴避孕套，每次借口忘了买，最后避孕套也她时常包里备着；

吃饭从来不挑贵的地儿，如果这次请她吃饭了，下一次就要她请看电影；

送她的最贵重的礼物就是一个大布娃娃，其他节假日送她的小玩意看起来都像是淘宝九块九包邮的；

照理，他的薪资水平也不至于这么抠门。

杉杉是有钱，她也愿意为两个人的交往花钱。但是，爱情不是双向付出么？

“我感觉，我在他眼里特别廉价，就是这个档次，根本不值得他花钱。”

其实，不用我帮杉杉分析什么，她已经意识到了问题所在。

如果一个男人为自己花钱的标准远远高于对你，那显然只是打着爱情的幌子在骗炮。

别担心被人家冠上爱慕虚荣的大帽子，因为他根本就是个渣。

都说，爱情禁不起现实的考验。这话没错，高等建筑本来就是建立在物质基础之上的呀。

当你拥有足够的金钱了，才能抵挡未来的种种变数。什么样的实力，决定了我们拥有什么样的感情。

大丫在我和我弟高考时，有过一段无疾而终的爱情。当时的大丫青葱水嫩，对爱真挚热烈，两个人也相处得特别融洽。

因为弟妹两个人即将进入大学，想到未来可能有的负担，男子退缩了。

好在，那几年我靠着奖学金和勤工俭学也顺利度过了最艰难的时候，可惜，那个男人当时没这样的眼力见儿。

他们在被推着面对苦难前，分手了。

你享受着爱情带给你的甜蜜，享受着爱人带给你的温存，享受对方的一切快乐和美好，却不愿意跟她一起承担忧愁和困难，那不是扯淡吗?

爱情是不应该掺杂太多金钱关系，这里说的金钱关系是女人嫁给钱或者男人娶了钱。但是如果两个人的交往，从来不谈及钱，那一定是不健康的关系。

所有不产生金钱关系的爱情，都是过家家。

金钱，是爱情的助力器。

好友跟他老婆结婚时，只有一万的存款，那时他老婆提出：两年内必须买房。

于是他从一个月光族、周末只会打游戏撸管看片的屌丝，变成了每个月留出一定存款，工作努力上进的大好青年。

两年后，房子买了，他也升职了，老婆又对他提出了更多的金钱要求。但是这样的要求，让他越变越好了。

好的爱情婚姻关系，是基于彼此需求实践一个共同的目标。通过相互的要求和努力，变得越来越好，也由此让双方的关系变得越来越亲密。

反之，如果一个女人设身处地为男人着想，舍不得花他的钱，最后真需要用钱的时候，他反觉得你无理取闹了。

别以为爱应该是自愿付出，人都是很贱的，你舍不得花他的钱，他就会真的不舍得为你花钱。

一个做导游的朋友跟我说，有次他带一对夫妻逛缅甸珠宝城，妻子舍不得花老公钱，最后只买了个 600 多的镯子，回头她老公偷偷托我朋友又买了一对三万多的耳环，寄给内地一个叫珠珠的女孩。

你不花对方的钱，自然有人帮着你花。

牢靠的爱情关系，都是有金钱做保障的。

就像谈合作一样，只有涉及到具体的金钱关系了，才算是真正的合作，才能使这种合作健康长久地维系下去。

那些一开始就把理想状态当底线，一步跨进大同世界的人，最后都会吊死在自己的起点上。

我不希望有一天，我为了钱跟某个人在一起，或者因为钱不敢离开某个人。但是，如果你舍不得为我花钱，或者我不愿意花你钱，只能理解成你不爱我或者我不爱你。

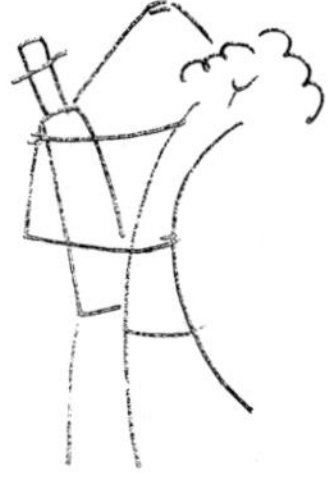

别管以后
将如何
结束
至少我们
曾经
相聚过

咱俩都这么好了，为什么不让我看你手机？

朋友发信息给我：不开心。

我问她怎么了？

原来是前两天她男朋友在外边忙，手机落家里，让她帮忙发个邮件。

今天她试着又用给到的密码解锁。

结果，尝试失败。

密码改了。

"他太不信任我了！"朋友愤愤地说。

其实我挺想回她，你解锁他的手机是为了干吗呢？

因为一段情、一个约定甚至一句话就相守一辈子的年代已经过去了。纠正错误的成本减小的同时，感情的坚守也显得十分稀罕。

在速食时代，我们总是马不停蹄地行走，毫无准备地相爱，点到为止地拥抱，再措手不及地告别。

快捷带给我们便利，也带给我们深深的不安。

因为对自己的不自信和对世界的不信任，所以总觉得世界充满诱惑，稍不慎就会成为失足人士。

所以我们需要了解彼此更多的信息，来抓住这份不可靠。

而看另一半的手机/电脑这种行为，就变得理由充分起来。

你在哪？发个位置给我。在干什么？我想跟你视频聊天。

我这么做只是出于爱护你，你这么傻白甜吃亏了怎么办？

两个人在一起不就应该坦诚相待嘛？既然相爱就应该毫无保留，为什么还藏着秘密？

你不让我看你的手机/电脑，是不是有什么见不得人的事？

我爱你，我想了解你的过去，所以你的一切都应该向我坦诚，这样我才有安全感。

我所有的密码账户都告诉你了，我手机电脑随便你玩，我都跟你坦承一切了，为什么你做不到如此？

这些话我想大家都不陌生吧，很多时候我们的矛盾也源于彼此对这件事看法的不一。

最亲密的人到底有没有权利看另一半的手机/电脑？

手机/电脑是我们日常生活中使用最频繁的工具，我们几乎所有的隐私都在里面。

有个笑话说，某人遭遇车祸，他靠着顽强的毅力掏出手机，艰难地……把手机清空了才晕死过去。

固然是个玩笑，但我想大家一定还记得因为××门而分崩离析的几个明星家庭吧，暴露隐私有时候比死还可怕呢。

隐私本来是一个从法律意义上界定的词，对方首先得是一个人，其次才是你的伴侣。

一个人要完全占领另一个人的内心和情感，本来就是一件不可能也极其危险事。

谁也不知道对方的底线在哪里，保留一定的隐私是一种更安全的做法。

每个人都有自己不想让人知道的东西，不服你把银行账户密码告诉我试试？

与隐私相伴的必然是好奇心。

你越不让我知道，我心里越跟猫抓似的难受呀！咱们感情都这么好了，你快点让我知道一切吧！

没听说过吗？

两个人关系的靠近有两种方式：

喂，咱们是好姐妹好哥们，你说出自己的一两个隐私吧！

喂，咱俩是好姐妹好哥们，我一定为你的某个隐私保密。

So，隐私在某些人眼里就是见不得光吗？

你一定是那种平日里光鲜亮丽满口礼义廉耻背地里猥琐无耻的伪君子；她平时看起来温柔贤淑清纯无辜到了夜间肯定是个淫荡无度风骚放浪的大碧池。

不然呢？你干吗不让我知道！

以前看过一个意大利喜剧，叫《完美陌生人》，具体的内容我记不大清楚了，讲的是几个好朋友一起聚餐，突然脑抽风玩起了一个游戏：

所有人都得把手机拿出来，但凡有来电都得开外音，有短信都要当众念出来。

接着几个好友的秘密相继被抖出来，人们开始疯狂互撕，友谊的游轮说翻就翻了……

不管是不是见不得光，如果有些真相只会让生活更糟，你为什么非得把头扎进屁眼里呢？

我有个同事，跟人聊天或者坐人旁边的时候，总喜欢拿眼睛余光去看别人手机或者电脑屏幕，还一脸自然地问：这个人谁呀？

对这种人我很想说：地狱有多远请你死多远好吗！

不要说你并没有恶意，只是习惯使然，我还真习惯不了你的习惯。

你喜欢裸奔吗？不喜欢凭什么要求别人这么做。

保护隐私，不仅仅是一般人际交往原则，也适用于关系亲密的人之间。

尊重隐私其实就是承认双方的差异性。

可怕的是，有人喜欢用自己的标准来绑架对方：我对你毫无保留了，你也必须这么对我。

事实上，你喜欢向对方袒露的一切，别人还真不一定愿意知道。

比如，你跟前任一网深情海枯石烂天荒地老最后无奈分手的伤心史，就没必要事无巨细地跟现任交代了吧！

我一个哥们，跟女朋友谈了四年，顺利结婚生子。他觉得夫妻之间应该彼此坦诚毫无秘密，然后作死告诉他老婆：当初追她是因为刚跟前任分手，为了气对方才对她发起进攻的。

虽然现在是真情，可往后感情生活中每每遇到不顺，他老婆都会拿这个事儿来说，好像卡在喉咙里的一根刺，剔不掉，随时都会隐隐作痛。

好好的幸福非得破坏，你何必要这“坦诚”呢？

当然，也有很多夫妻或者情侣之间是可以做到无所保留地向对方敞开，手机电脑互相使用根本没啥顾忌。

这种相处挺和谐的，因为信息的公开会消除彼此的好奇跟不信任感。

但是，很重要的一点是：人家都是大大方方当着面看或者使用的。

你呢？

你是偷看，还是对方同意你看，还是你强行看？

有些人，总喜欢趁对方不在的时候去偷窥她 / 他的隐私，不小心让另一半知道了还觉得理所当然。

我一姐们，每天等她老公睡着了就偷偷起来看他的手机，为了抓他出轨的证据也真是殚精竭虑。她每天花几个小时来查各种社交软件聊天记录邮件往来跟谁谁哪个女的微博说说动态底下有互动了……

但凡抓着一点她觉得可疑的蛛丝马迹就各种盘问、咄咄逼人，刚开始对方还耐心解释、千哄万哄，最后她老公受不了索性都不回家了。

看完的后果你能承担吗？

看别人隐私，无非就是两种结果：什么可疑的地方都没找到，结果你还不死心了，微博朋友圈能翻到创立初第一条 qq 空间查到六年前，万般手段都用上，非得挖出个子丑寅卯。

好了，你真的找到什么了，或者你以为找到什么了。你做好心理准备跟对方摊牌开撕了吗？

当对方知道并且无法容忍你这种窥视行为时，你能承受不被信任的后果吗？

如果做不到舍断离，又抑制不住自己充满破坏欲的好奇心，那不是给自己添堵嘛！

是对方没有给你安全感，还是你太不自信？

也有人认为，这种好奇心或者偷窥欲其实是安全感的缺失使然。如果对方总是不能如你所想的向你敞开心扉，各种不确定性就会慢慢浇灌内心的不安，越是对方不想让你知道的，你越生出强烈的怀疑。

那些偷查通话聊天记录、追查行踪的设备越来越多，现在还有某种手段可以查询到一个人所有开房记录（一好姐妹用来查自己老公，顺便帮我也查了一下，真是亲姐妹），反偷窥的装备也日新月异。

真是……闲的蛋疼啊！

你想想自己花了多少时间在这种无聊的事情上面？有那功夫看聊天记录，干吗不看本书娱乐一下自己。

当一个人的世界太小，生活还不够忙碌，无事生非，内心怯懦时，才会喜欢求证。

既然彼此相爱，所以我不（看你的手机）能让你看我手机。

不管你是谁，都没有权利去侵犯另一个人的隐私，干涉对方自由。

不是你知道关于对方更多的事就会更有安全感，而是你是否相信你现在知道的一切。

与其让生活充满敌意，不如让生活保有情趣。

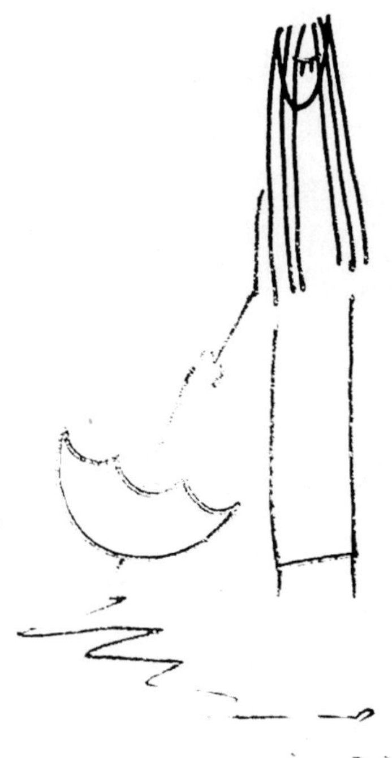

第三章

旅行只为更好地回归

我最早跑出去是以骑行徒步的方式，沿着边境线把大江南北踏了一个遍，后来养成习惯，每年都会出去几趟，但已经不是为了猎奇，而是看望过去的自己和那些在过去结识的朋友。旅行有没有意义，意义如何，每个人都不一样，你就当我在讲一个故事吧！

说走就走的旅行，你还回得去吗？

在讲之前，我想唠叨几句。

这个缘由，在很早之前就有了。每到一个有陌生人的聚会，就会被朋友介绍：当年我如何如何一个人骑着破自行车走边境线、如何遭遇抢劫面不改色与歹徒周旋又如何蹲在前后被堵的泥石流路上做生死忏悔之类的故事，说得比我还身临其境。

最气人的是，说我怎样蛊惑得一帮小年轻前赴后继走上辞职旅行的不归之路……

啊呀，那还真是条不归之路，现在依旧有在路上抹着泪，一步一犹豫，继续前行的孩子。

说走就走的旅行，只需要拍一下发热的脑袋，并无什么难处。难得的是，每次出走后的回归。

又有多少人，再也回不去了？

我很少住国内的青旅，不是因为那些张嘴说不好就归罪于“它们的商业化运作”，赚钱活下去是一切之基本，无可厚非。

当然也不是自视清高，当年出门的我也不过是一穷学生，现在，依旧是一个穷文字妓而已。

我害怕的是，不得不面对那些整天窝在乱糟糟的青旅床位间，抱着手机不停吹嘘，流浪是如何净化自己灵魂的伪旅行者。

而他们，实际上，已经没有了灵魂。

他们中有的曾经有过很体面的工作；有的获得了很高的学历，有的拥有了一定的物质基础和人生阅历；但更多的是生活中平庸无能，工作毫无热情，对当下的自己极度不满，又缺乏改变的信心与行动力的人。

这种人很容易被那些稍微带点煽动性的言行鼓动，诸如“人生总要有一场说走就走的旅行”，于是他们人生好像开启了另外一扇门，终于可以做点与众不同、充满勇气和浪漫情怀的事了。

而且没有任何门槛与技术含量，只要你足够的不负责任，攒满了对现在生活的不满和无能为力，抛弃所有思考的能力。

就够了。从此，他们活在了朋友圈那些羡慕和崇拜的眼光中，再也走不出来了。

那些摆地摊被城管砸的心酸，可以变成另一版本的惊险刺激，逃票蹭车省钱的智慧也令人惊叹。

因为当一切辛苦和凄惨的经历，被说成是“主动追求”之后，就有了另外一种不同意味，就会突然变得高尚和勇敢起来。

看，我当乞丐不是因为穷，我是在体验人生哦！你敢吗？

没有人知道，当他们数着兜里所剩无几的毛票，想着耽误了半年甚至几年的工作技能，内心是多么彷徨。

当所有人都在努力的时候，你的竞争力不是原地踏步，而是飞速落后。当习惯了每一个夜晚空虚放浪狂欢，白日昏睡吃饭拍照的生活之后，朝九晚五也就变得十分可怕。面对真正关心自己的家人朋友，只得搪塞支吾，甚至愤怒。

不是不想回去，是害怕回去啊！

不是不想回去，是没有能力回去啊！

不是不想回去，你，还能回去吗？

我朋友群中，有大量真正喜欢旅行，热爱户外探险的驴子，他们有赖以生存的工作和物质条件，会给自己创造足够的流浪空间和时间，同时平衡了人生、家庭的责任和义务；

也有一些没有一技之长，靠蹭吃蹭喝蹭车，甚至，出卖情感和肉身来维持在路上的状态，不想思考也不懂生命的意义，生活在虚假的风光里，不能回不敢回的伪装旅行者。

我知道，我今日的话必定会得罪一帮人，可是在虚无杀死自己之前，被我扇几下又何妨？

曾经有人问我，你是如何克服在路上的种种困难的？你是怎么跟“一个人旅行”的寂寞相处的？你看过最美的风景，又是哪里？

我把他的所有问题，归到一个字里回答：人。

我为之出发，为之努力，为之欢欣鼓舞，为之黯然落泪，为之惊叹敬畏。又为之一次次回归修整。

皆在一个“人”字里面。

所以，我要跟你说的每一个在路上的故事，都是和人相关的，我所见过的最美风景，也是人。

没有你熟悉的攻略指南，没有文化背景习俗解读，甚至没有地名水名山名。

我说的，都是我最想给你听，最想给你看的。但不要以为，那就是旅行全部的样子。

没有回归的出发，叫流浪。

既然决定了，那就上路吧！

希望你，知道为什么而出发。

将军是一条狗

我把木窗往外推开，会错了情意的杜鹃花窸窸窣窣吹进来，刚下完雨的天上挂着两道彩虹。

这样的景致在农布村太平常，几乎每天都能看到。

不太平常的事是我扔在窗台边上的葱香味牛肉压缩饼干越来越少了!

我守着窗台，看谁拿了我的救命粮。

到农布村的时候是 6 月份，这个季节雪山顶还留着一圈白，往下就是各种深绿、墨绿、鹅黄绿。还有漫山遍野的杜鹃花。

农布村是边境深山里的一个小村庄，四周雪山环绕，外人进来得翻山越岭两天，别说车，就是骡子也坐不得。

当地居民以少数民族为主。这么说是因为也有很个别的汉族人隐居于此，开个小客栈什么的。

像我，放着城里好好的大白妞不要，跑到深山野林跟猴子调情了。

农布村所在地海拔 4000 多，意味着什么?

除了原生态景观，从房间走到院子里就会喘成狗（这边一楼不住人，木梯子上去才是房间），你能体会吗?

4000 海拔？

就是每天吃的面条都是奇怪的硬疙瘩组合；

就是各种煮不熟的食物；

就是没有好吃的；

就是没有吃的；

就是没得吃；

没吃……

所以，葱香味牛肉压缩饼干到底是谁偷走了？！

明明 20 多袋的，现在只剩五六袋了。

我等着，一会果然听到轻巧的脚步声，慢慢靠近我的木楼。

然后，跳进来一条狗。

一条狗，毛色晦暗，瘦不拉叽，完全没有因为可爱的外表而可能被原谅它犯错的迹象。

我握着棍子，瞪着眼看它，完全懵逼了。

打还是不打？

俗话说得好，好汉不跟好女斗，好女不跟畜生斗，它不懂事就算了万一咬了我，这附近估摸也没有打疫苗的地方吧？

我快速做完心理斗争，果断放下棍子，大度地把手一挥：你走吧！下不为例。

狗面无表情地看了我一眼，慢吞吞地叼起一包饼干，然后转头走了。

走了，走了，走了……

我长得像外地人所以好欺负吗？！

我没敢追出去表达自己的愤怒，木窗自然不能关上，雪山正对着我这个视角呢。还剩下五包饼干，我清点了一下，通通收到行李包里，然后塞床底下。

农布村有大大小小 20 多个天然湖泊，都藏在深处，得穿过千年古树林，上下几座山才能看到。人一整天踩在厚厚的落叶层上，身上都会沾着露水腐叶味。

我回来时已经下午 7 点多了，天还是明亮的。从上村走下来的时候，忽然有个小小孩撞进我的镜头里。

他乖乖地坐在木墩儿上，仰着红扑扑的脸蛋看着天，像个陶器娃娃。

只是。

我才不喜欢脏兮兮的孩子呢！

我看到了他手上的压缩饼干。

全村寨就我一个外地人，我才不信他是自己买的。

而且，那个小偷现在正屁颠屁颠儿地甩着尾巴朝陶器娃娃走过来。

“小偷！它偷了我的饼干！”

我激动得差点没把手里的相机扔过去。

陶器娃娃把手里的饼干碎末喂给狗吃完，这才抬起头，睁着明亮亮的眼睛，纠正我“它叫，将军。它不是，小偷。”

“你会讲汉语？”

小小孩用一种看白痴的眼神扫了我一下，起身走了。那个小偷 ~ 哦不，那条叫将军的狗也随着他，转身走了。

一人一狗，把屁股对着我，慢慢消失在下村路。

晚上围着炉火跟老板娘唠嗑，她是这里少有的汉人，丌着唯一的一家客栈。

她看着我相机里的照片啧啧叹，你天天待在这里就不觉得美啦。

太阳每天升起来，花朵每天开，雪山常年有。

时间久了，就跟墙上的裂缝一样稀松平常。

谁会没事天天注意墙上的裂缝呢？

可是，阿姐，我今天遇到一个会讲汉语的小孩耶！

噢，你说的是九布里吧？他妈妈是汉族女人呢！

这边还有汉族女人嫁过来吗？

有啊，天鹅到了极地还不是得选个企鹅过日子？

可惜，死得早呢。

哦，真是遗憾。

遗憾？哪里不是遗憾呢！

阿姐把最后一块木头塞火炉里，忽然不再说话了，她脸上明明暗暗，静成一座雕塑。

我默想，一个年近50的女人，操着地道的北京腔，孤身一人在这个与世隔绝的小村子里活了五年，大概也是有很多的故事吧！

白天没事，我闲坐在窗台上，一眼望去满目皆是绿，炊烟袅袅，白雾笼罩，远处的雪山若隐若现。

哎，这个时候有一盘锅爆肉多好啊！红烧肉也行啊！

清蒸鲈鱼糖醋排骨梅菜扣肉玻璃樱桃肉丸子蘑菇小丸子水煮肉片猪肉蛋卷叫花鸡蒜泥白肉妙计锦囊……

我在臆想中口水泛滥。

噗的一声，脚下扔了一兜果子，小个子黄黄的，还沾着树叶泥土。

陶器娃娃仰着脸看着我，却分明是俯视的神情。

“这个，给你吃！咱们，扯清了！”

“哎，这玩意儿能吃吗？”

“给你的，礼物，将军的。我的。”

我还没来得及说话，他就跟着将军狗扬长而去。

我想吃肉，行吗？我幽怨地看了一眼将军，靠！那么瘦。

别说，这小黄果酸酸甜甜，还挺好吃。

随后的几天里，我经常在村里碰到他俩，一人一狗慢慢地走着。

陶器娃娃惜字如金，不跟同村的孩子玩儿，同龄的孩子们有时候跟在小孩后边笑闹，大概说着一些取笑人的话，他也只是沉默地看着人，然后转头走。

将军这个时候总是安静地看着，默默跟着他。

有时候他们的影子交叠在一起，我分不出谁覆盖着谁。

挑逗者觉着无趣，就拿石头棍子来戏弄他的狗。

将军一边躲躲闪闪，一边拿狗眼看它的主人，寻求帮助。

陶器娃娃憋红了脸，挡在狗面前，挥着手咿咿呀呀语无伦次。

原来，他有口疾，一着急就不会说话了。

我上前想轰走这群毛孩子，他们往后退了，可并没有散开的意思，忽然有人叽咕了一句啥，大家一齐喊着一句话，越来越大声。

“畈几哈！”

我回过头问，什么意思？

陶器娃娃低下头：

他们要，将军打架。

不一会，有孩子带着各自家的狗过来，五六条，个个敦实凶悍。

这哪里是比赛，分明就是欺负嘛。

我紧张起来，想要阻止这场毫无意义的恶作剧。

可是言语不通，我连说带比画都没用。

陶器娃娃扬头说，我这个是将军，它行。

将军什么呀！它还不如人家的一半大呢！真以为叫将军就能打遍天下无敌手了吗？

然而比赛仍然开始了。

一条大黑狗先上阵了，将军刚到它胸前，在这群狗里面，它瘦弱得就像一根狗尾巴草。

大黑狗目露凶光，龇着牙朝将军吠叫，将军一直往边上退，孩子们又把它踢回场子中间。

陶器娃娃握着拳头盯着将军，眼里自信满满。

将军接收到主人的信息，忽然沉下来，等着对手发起攻击。

大黑狗试探性地发起进攻，将军稳若磐石，忽的它虚晃一枪，像箭一样扑上去，直奔大黑狗颈项处。

真看不出来呀！

我扭头看了一眼陶器娃娃，他满脸自豪，一副理所当然的样子。

然而，这简直就是一场不讲规则的屠杀。

大黑狗败下来后，孩子们让五六条狗最后一齐上阵了。饶是将军再灵活有力，也开始体力透支。

它浑身上下都是伤痕，好几次险些被咬断喉咙。

但是将军一次次站起来，发起进攻，对手们也浑身挂彩了。

这场混战最终在我叫来客栈老板娘时结束。

那时候将军已经瘸了一条腿，脖颈处流着暗黑的血，半个耳朵被咬下，浑身伤痕累累。

陶器娃娃始终握着拳头，惊恐的泪水烧灼着他的眼底，但他拼命忍住了，没哭。

将军艰难地站起来，晃了几晃，最后还是站稳了。它昂着头，用一个将军的气度，像往常一样跟在小主人身后，如同影子陪伴着他，只是走得比往常更慢了。

将军在半路上倒下来，再也没有起来了。

陶器娃娃看着它剧烈起伏的身子，最后慢慢归于平静，眼泪簌簌落下来。

他蹲在将军身旁，把衣服脱下来包住它的伤口，叫它起来。

将军微睁着的眼，闪着几许光，最后也黯淡了。

它是将军！妈妈说！它是将军！贵族狗！

它怎么会死呢！妈妈说，它保护我！

将军！将军！你起来……

小小孩号啕大哭，上气不接下气，哭得我肝脾俱裂，不知所措。

客栈老板娘最后把他拎回去了。

他阿爷晚上过来接他时，睡梦中的脸蛋上还挂着泪珠。

老板娘告诉我，将军是陶器娃娃的妈妈留给他的，孩子三岁的时候他妈妈就失足摔悬崖走了。

父亲日日去山脚下寻，最后再也没回来。

孩子落了病根，一着急就失了言语逻辑。

最后，只有将军陪着孩子。

将军，是他最后的温暖。

我沉默了一晚，本来我可以做点什么的，可是，什么都没有。

那扇木窗一直开着，再也没有人来过了。

走的时候，我把饼干留下来，托老板娘转给陶器娃娃，那天之后，我没再遇着他了。

弯弯曲曲的盘山路，一路上上下下，出了下村，就好像回到另外一个世界，那小小孩，那狗，都恍如隔世。

忽的落下一颗黄果子，我放嘴里，酸得脸颊疼。

偶尔想起来那个孩子那条狗，便总觉得有一道波浪，宛如苦梦的尾梢，从周身横扫而过，像不期而至的狂风，吹得心里一惊。可是随后它便过去了，像所有过去的事情一样。过去了。

今天，我们谈谈艳遇

一

我把标题改了又改，仍然感觉不满意。

艳遇是什么？我问。

朋友露出暧昧的笑容来，那不就是惊艳，不就是邂逅，不就是缘分，不就是……

总之，它是你水泥似的生活里，那轻轻地一搅拌，不至于过早凝固的激情和心动。

所以，年轻女子，一个人，旅行，流浪。

这几个词组合在一起，简直就是艳遇的最佳诠释啊。

我回他，然而，我至今，都不曾觉得，自己有过任何一场艳遇。

二

因为所有的艳遇，都是人为的造梦。

不过是对现实生活的不满，不过是对当下平淡的不甘，不过是对自己花开正盛的怜爱。

你渴望关注和认同，希求释放自我，所以借助一场独自的远行，放下工作和生活，将最理想的自我，投射在其他人身上。

然后发生了一场感天动地，唯美浪漫，不染人间烟火的爱恋。

这个投射的过程，叫艳遇。

这个被投射的对象，叫炮友。

这种爱恋，只能发生在路上，一回到现实，就粉个稀巴烂。

这是艳遇的真相。

反观当年的我，虽然青春残酷，但日晒风吹的面孔，并不美好。

所以首先没了惊艳对方的条件；而我一心往山川荒野奔跑，全凭着满心的热情和使不完的力量，并没有对当下任何的不满和不甘，这就没了艳遇的动机。

所以，今天非要凑数，让我说一个艳遇故事来，那就说一场相遇吧！

三

我历经九九八十一难，把脖子和鼻尖蜕了几次皮，脸蛋上养出了两坨醉汉红，在高原的某一个古城广场上，静静等待夕阳西下，云霞绚丽，漫天飞舞的白鸽画面。

然并卵，我喂了第三袋面包了，那群咕咕叫的鸽子，也没有食人嘴软的自觉。那三袋面包，可是我从山脚下背上来的啊！一步一喘啊！

我端着相机的手腕子酸了，自言自语，怎么还不飞呢？

这个季节，鸽子怀孕了，哪里飞得动呢！

有好心的声音提醒我。

我恍然大悟，逼着怀孕的鸽子飞，确实很不厚道啊，于是赶紧点头感谢，对呀对呀，幸亏您提醒呢！

然后，一脸顿悟的我，拎着相机准备去拍点古建筑，不跟鸽子们较劲了。

咦，慢着！

鸽子不是生蛋的吗？！

不待我回头，就听得那好心人扑哧一笑，直笑得我火冒三丈！

有这么骗人的吗？！

呦呦呦，这不是准备告诉您真相了么？

被捉弄的女汉子，面红耳赤，因为无法原谅自己脑袋愚钝的真相，连带地迁怒到逗乐的男人身上。

既然鸽子没怀孕，那你就让它们飞吧！

它们不飞我有啥办法？

你，从这头跑那头去，哄它们飞！一直到我拍好照片为止！

男人戏弄人在先，自知理亏，只得摘了帽子放下包，撵着鸽子跑来跑去。但是这高原上的鸽子不同平原上，性格分外温和淡定，被人撵着也不过是比平常走快一点，多叫两声罢了。

我当然不依了，叫他跑快点，吓一吓它们。

高原上走几步，也得歇两歇，何况是跑了。不多会儿，男人便气喘如牛，大汗淋漓，最后一屁股坐地上，气若游丝地说，姑奶奶你放过我吧，这买卖一点都不值！

哼，绣花枕头！

哎哎哎，你跑一个我看看？

我虽然笨，但这亏还是不会吃的。眼下气也出了，照片也拍了，那就去别处转转。

男人在后边喊，你叫啥呢丫头，交个朋友！

我没好气回，我叫怀孕了！

男人哈哈大笑，这么小心眼呢，没关系，我叫……

我接过话，知道！你叫绣花枕头！

四

西边的天，黑得晚，明明八九点了，还挂着太阳。那太阳跟白天的太阳又不一样，白色变成了红色，可以拿眼睛直视。

一起待在天上的，还有月亮，星星，跟绚烂得一塌糊涂的晚霞，要多热闹有多热闹。

我游荡了一整天，饥肠辘辘地寻吃的。

地广人稀的地儿，能吃饭的地方一只手数得过来。我比较再三，选了自认为最干净，也最安静的馆子，吃完还能围着炉火打个盹。

然刚坐下，身后一声雷，炸了！

喂！你！怀孕了！

我左看右看，在这儿既不认识人，也没怀孕，所以自动忽略了这叫声。

只一会儿，“你怀孕了”的声音就追到了对面，坐下一男人，一脸卧槽好巧的表情。

那个，请问你是……

靠，您老记性真好！咱刚还见过呢！

我摇头，男人指着自己脸，我又摇头，男人凑近让我看，我再摇头，男人捺不住了，大叫，我？我是……我是绣花枕头呀！

我点头。

一桌拼两桌，一锅牛肉炖得浑身暖洋洋，吃饱喝足的人，心胸也变得宽容起来。

我原谅了男人的戏弄，他也原谅了我的小心眼，大家喝过一个锅里的汤，吃过一头牛身上的肉，也就一笑泯恩仇了！

男人既不把融资、平台、资源整合这些词挂在嘴上；也没接什么客户下属动辄几百万的业务电话；也没谈上雪山下湖海穿沙漠的流浪履历；也不问我年龄、职业、家乡、爱好。

所以，我们得以愉快地吃完了饭，喝完了汤，聊完了天。

我问，浪子不都应该准备一个深情的故事，来跟女生聊天么？男人笑，独行的少女，不都应该编一个哀怨失意可怜的理由么？

哈哈哈哈哈哈！

五

天色已黑，漫天的星子垂挂天边。

出了门，空气中温度骤降，我掏出围巾来把自己裹得严严实实，准备回住处，心里盘算，要是一会男人提出暧昧的邀请或请求，我是拿左脚踢裆呢，还是拿右脚踢裆。

男人问，你还想吃什么？

纳尼？这个问题不在我盘算内，所以我脱口而出，巧克力冰淇淋。

男人哈哈哈大笑，说，爷给你买！

这个鬼地方，能有什么冰淇淋！

但是男人领着我，几转几转，居然轻车熟路地找到一个加油站的小店，买到了冰淇淋。我们缩着脖子，在巨冷的星空下，一边走，一边吃。

吃完，我找不到自己舌头了。

男人逗我，你还想吃啥？

我哭，大爷，放过我吧，只想回家。

话没完，哇的一声吐出来。

男人嫌弃地跳出三尺远，鄙视道，瞧你这点出息！然后跑店家讨了开水，让我漱口洗肚，苦不堪言。

不等我找出理由，编出借口，男人就开口说，这附近只有两家住宿的地儿，如果你订好了，我送你回去，如果没订，我指给你路。

我点头，道谢，拍拍相机包说，早订好了！不用送。

那行吧，我留个号码给你，有事打我电话！

他掏出笔，撕了烟盒盖儿，写了一串数字，递给我，呐，交换吧！

我心想，留了他电话，联不联系，主动权在我，要是给他我的电话，岂不是被动了？于是故意写错了尾数。

然后挥手，别过。

最后，故事当然没有最后了。

我从来没打过这个电话，那烟盒盖儿也早就不知何处。然而故事的另外一个结局是，当某一天我试着拨过去这个号码，传来一阵空号的忙音，我了然这默契的失落，呵……

六

哎哎哎哎，你这不是忽悠人吗？

说好的香艳浪漫、激情四射呢？

朋友拉住我，不依不饶。

我一巴掌呼过去，你丫说的是一夜情吧！

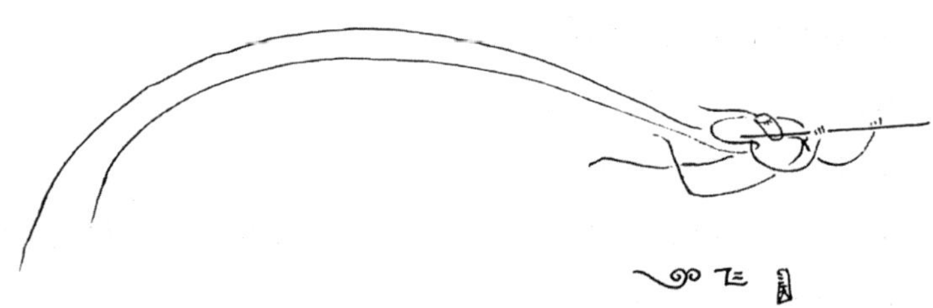

你不要经常想念我，但也不要忘了我

我觉得我被跟踪了！绝对的！

可是在这种人生地不熟的小街巷，我既不是官二代富二代，也没有青春貌美到让人犯罪的地步，什么人会这样锲而不舍地跟着我在菜市场兜上 20 多个圈呢？

哎哎哎，只怪我，这恶俗的爱好。

去到陌生的地方，不钻博物馆，不逛免税店，不看热门景点，偏偏一头扎进这热腾腾，闹哄哄的菜市场，操着一口现学现卖的方言版普通话，跟人讨价还价，买些稀奇古怪的当地菜蔬瓜果。

所以，那个老太太是怪我刚砍价少了她一块两毛钱？

还是我奇奇怪怪的口音惹得人家怀疑了，想坑我一把？

不然，不然，她跟着我干吗？！

我索性停住脚步，猛地回头。

那个戴着麻灰色头巾，长着一脸磨不开皱纹的老太太，仿佛受到了巨大的惊吓，她两只灰褐色的眼珠惊恐地盯着我，写着复杂的表情。

那个……你有么事吗？

我小心翼翼地问，指着自己手里的菜：我已经买好菜了，我要回家。

老太太愣了会没说话，她低下头搓了搓衣襟，忽然从布兜里掏出几颗蒜头，递给我。

这个……你忘了。

蒜头?

虽然不记得自己有买，但我还是伸手接过去。

真是怪了，追我几条街，就为了送几颗蒜头。

这里还真是民风淳朴。

我一边走一边自嘲，忽然顿住：

我！不！吃！蒜！

回过头，即使隔了很远距离，我依旧拽住了老太太躲在人群里那一道沉沉的目光。

到家，我挖了些土装泡面盒子里，蒜头一颗一颗摁进去，这样总也不算是辜负了老太太的心意，虽然，她那眼神……

我摇摇头，把那些影子挥走。

过了些时日，我已经忘了这档子事，又迷上了当地传统的扎染术，那些层次分明，花鸟鱼草生动的图案就像一一支支美妙的梦，挠我的心，挠我的魂。

我天天往布艺市场去，痴痴地看着人家织布扎花儿浸染晒布……

要是遇到喜欢的花样，我的脚就钉在了人家晒布场，想走也走不开。

我说，我想学扎染。

有人笑着回我，学扎染，得找唐花婆婆！人家手艺才好呢！

我去找唐花婆婆，她是这个寨子里，手艺据说是最好的师傅。

现在机器代替了手工，年轻人多半心浮气躁，不愿接了老一辈的活儿，扎染手艺已经被很多人遗忘了，我迷它的复杂和神秘。

我立在乌漆漆的小屋前，敲门。

有人吗？有人吗？我找唐花婆婆！

过了半晌，门“吱呀”一声开了。

我吓一跳，屋里头黑黑的，隐隐约约看着几口大染缸，当然，这些不算啥。

立在我面前，两只灰褐色眼珠冷冷的唐花婆婆，可不就是那天在菜市场追着我几条街的老太太？！

我僵硬地笑了一下，不好意思地说：

那个，是不是吵到您了？不好意思啊……

人家说您是最好的扎染艺术家，我想跟您学！

哼，艺术家！

唐花婆婆鼻子里哼出声来：

你们这些小孩子，看到什么稀奇都要沾一下，哪里是想学手艺。

她转身就准备关门，我急了，把手拿住木卡，说：就让我看看呗，我给您打下手！

唐花婆婆的布，没有一块是雷同的，虽然，那上面都是一个个小孩，小女孩。

但是仔细看，那些神情，动作，色调，光暗，浓淡，还有线条是微妙不同的，细节的处理也很生动。

她们，就像唐花婆婆的孩子。

我日日早起去到她家里，今天也是晒布收布，明天也是晒布收布，从来就没见她动手做过新的布料图案。

时间这么熬着，我就受不住了。

这分明是在撵我走呗。

不，更让我别扭的是，她时不时藏在暗处的眼神，久久地停留在我身上。有时候以为她在看我，等仔细体味，却分明像是在看着我身后，完全不相干的另外一件事物。

那时候，她的脸藏在压得低低的头巾里，阴沉沉地，让我觉得周遭的空气都是小心翼翼，不太敢流动。

我假装看不到，或者不在意那些眼神。

毕竟当初留下来，是夸了海口的，就是想走，也得寻着一个合适的理由，我既没耐心，又好面子，把自己陷入这种被动又无奈的局面中了。

但是，唐花婆婆人其实很好，她经常煮饭给我吃，都是当地的做法，很大的分量，摆满了小木桌，然后看着我，说，你吃，你吃。

她吃得很少，仿佛看着我吃，就跟着饱了。

我不好意思多吃，她就叹：年轻人能吃的时候多吃点，以后老了，像我这样，吃什么都不香了。

然后起身默默地坐在门槛上，透过层层叠叠蓝布白花底儿，看到天上去。

我终于惹恼了唐花婆婆。

这好像是隐约期待，又是预谋中的。

我动了她箱柜深处的一条裙子，那是无数的蝶纹组成的图案，各种单体蝶纹和复体蝶纹，组成一个个圆圈，好像能闻着花香，听到翅膀振动的声音……简直太美了！

这是唯一一块跟其他图案不同的扎染布料，也是唯一一条做成成品的裙饰，我喜欢得难以自控。

我要跟唐花婆婆买了它！

看到我捧着裙子走过来，唐花婆婆却像被烫着了似的，猛的蹦起来，她一把夺过裙子，恶狠狠地看着我。

不卖不卖！你出去！

谁让你动它的！

唐花婆婆憎恶地看着我，好像我处心积虑过来，就是为了夺走她这条裙子，好像这裙子一经我的手，就脏了坏了一样。

我以为她只是嫌弃我擅自动了她东西，一直到被她推出屋子，我才明白，她是真的动了气。

我垂头丧气，想认错，又不知道自己触犯了哪个习俗。

跟房东说起这个事儿，她沉默了一会，说：那怕是唐花婆婆姑娘的嫁妆吧！

嫁妆？她不是一个人吗？哪里出来的姑娘？

房东笑，你以为人家肯收你做徒弟，是真心被你想学手艺的劲儿感动了么？

那是因为你长得像她姑娘！

我把头摇得跟拨浪鼓一样：

胡说胡说，唐花婆婆60多岁了，她姑娘怕是跟你一样大了吧？

是啊，她姑娘要活着，跟我一样大了。

不过，她只能像你这么大，就长不了。

唐花婆婆的闺女，也像唐花婆婆一样，心灵手巧，而且她还是个鲜活的少女，一直到她走的时候。

她先是摔坏了腿，从此就跟一块软塌塌的布料似的，只能躺在床上。唐花婆婆每天把她搬出来晒晒太阳，又搬回去躺好，就跟晒布一样，做得细致又耐心。

人家劝她，算了，好不了了，再生一个吧！

唐花婆婆先是红了眼睛，摇着头捂着嘴哭。

后来，谁再说这个话，她就跟人家急了，眼神恨恨地看住人，让别人说不下话来。过了两年，唐花婆婆的老公，便搬到了一寡妇家，过了别家人的日子。

唐花婆婆不说话，只是照样擦屎擦尿地照顾自己闺女。

也没有人，再劝她了。

后来，后来姑娘怎么就走了？

我不甘地问，那少女这样被细致照料，怎么就走了呢？

房东摇摇头，说，人是动物，躺久了可不就跟拔了根离了土的植物一样，会腐烂死掉么？

我默然。

唐花婆婆依旧每天晒布收布，但是从来没有做过新的图案。

那些神态各异的小姑娘，就像她的孩子一样。

我去跟她道别，说我要走了。

唐花婆婆坐在布堆里，没有抬头。

我又说，谢谢您的照顾，我要走了。

唐花婆婆说，你等等。

她转身进屋，出来的时候捧着那条裙子。

我连连摆手后退，我不敢受了它。

那就像背负着一个曾经鲜活的生命，太重了。

唐花婆婆不容置疑地塞到我手里，说，拿着。

我没说话，她忽然笑了，又说，我姑娘，她是自己要走的呢！

我眼皮一跳。她继续说：走的时候，我做了她喜欢吃的饭，拌着药，一口一口喂给她吃的。

她是长着翅膀的人，被关在笼子里是要坏掉的。

姑娘说，我走了以后，

你不要经常想念我，但也不要忘了我……

拿着拿着，走吧，我已经不用靠着它来念想了。

唐花婆婆转身进了屋，把门关上。

我再回头望，那一匹匹布，都在火中飞舞，吞吐的火焰，好似一只只蝴蝶……

岛国，男人，和他的狗

岛国，是小岛的岛国；

男人，是个吃肉好色的男人；

狗，是条吃斋爱苹果的大狗。

一

我的第一站，就是这个小岛。有大片白净的沙滩，碧清的海水纹丝不动，鸥鸟白鹭扑着翅膀低低地划过。

身形瘦长的男人踉踉跄跄地跑在海滩上，他的前边是一条壮硕的大狗。

不一会，狗从沙滩里扒出一只苹果，乐呵呵地叼过去，向它的主人摇尾乞欢。

我蹲在离他们不远的地方，一心一意把自己埋进沙子里。

阳光，沙滩，狗，男，女（请务必注意断句）

这美好的景象，让我想起《最爽的一天》里 Benni 旁白开片那段话：

“我的头发里有盐粒，双唇有着金枪鱼与橙汁的味道，太阳不算很烈，但却把我晒得火辣辣的……”

你问我，认不认识那个一边跑一边摔跤的傻大个?

认识！当然认识，我还知道他的那条傻狗叫多利。是一只吃斋念佛，特别喜欢苹果的傻狗。

怎么认识的，我得先说一下我的邻居，阿欢。

二

来到这个小岛上，除了房东，阿欢是我第一个说话超过十句的人。他住楼上，每天骑着一辆很有历史感的小机车出行。

我贪恋院子里的树荫，于是执意选了一楼的房子。

每天晚上回来，阿欢的破机车好像识窝的狗，趴在我们门前，一点也没有占人地盘的羞愧和自知之明。

所以每次阿欢下楼取车，都会替它说很多抱歉的话，说得多了，我也就把坏脸色藏起来，他继续说，我就忍不住跟他交朋友了。

真是个温和有礼貌的好孩子啊。

绕回来，瘦高个的男人和那条吃素的狗，是阿欢的朋友，都是从美利坚合众国飘过来，如假包换的洋鬼子!

有一天，阿欢问我，要不要看足球比赛，恰好非常无聊的我，点点头。然后才知道，他说的球赛，是真的球赛，大三学生业余联赛。

那天，下着毛毛细雨，一直没有停过； 场上的呐喊声也像潮水般一波又一波，没有停过。

阿欢指着球场上一个瘦高个，大声说：“看！那个13号！杰克！”

我白眼一翻，是不是所有的外国人都叫杰克?

但马上又翻回来，13号耶!

我不懂足球，但是那天的球赛，我的眼睛一直黏着13号的杰克没离开过。

他就像一阵不知疲倦的风，永远处于奔跑状态，摔倒很多次，又会迅速爬起来。

杰克无疑是这场球赛风头最足的宠儿，场上很多女生举着写了他名字的旗子横幅，大声叫着“杰克！杰克！”，兴奋得脸发红。

每进一个球，我都跟着他们举起双手，大声欢叫，过足了瘾。

球赛结束，阿欢领着我去找杰克，我这才看清他的模样。

杰克身长肤白，一头淡金黄色的头发。阿欢介绍说，这是我同学，美国人，他能说一口流利的汉语哦。

我看到，场下的他，好像抽了骨头的面条，懒洋洋的斜倚在栏杆上，跟那个驰骋绿坪的形象相差甚远。

阿欢接着说，这是我朋友，她想认识你。

我白了阿欢一眼，谁想认识他了！

我长得那么肤浅吗？人家跟观众席上那些傻叫欢呼的花痴不是一路货好吗？

这位杰克童鞋你好，我也叫杰克。

哦不，十三！

我愉快地把手伸过去，伸过去，伸过去，嗯，伸过去……

金发肤白的杰克同学，一只手把矿泉水瓶屁股砸碎了，往脸上、口里洒，一只手夹着烟，眼睛笑笑地望着我，满脸写着：你看，我很忙的。

妈蛋，原来是个傻子啊！

我讪讪地把手缩回去，问阿欢，你不说你同学会汉语吗？

汉语博大精深，哪是这些平庸小辈能掌握的？

不等阿欢回话，杰克同学就脱下球鞋，“啪！啪！啪！”在我面前神色自若地敲打起来，然后漫不经心地穿回去，看着我脸上的沙粒和污水点，笑眯眯地说：“来呀，互相伤害呀！”

吐字清晰，用词准确，绝对的汉语。

我出离愤怒了，也是绝对的。

一只十几岁的小姑娘，讲什么修养，有仇当场报啊！我把沾着泥雨芬芳的脚印，完整地盖在他后背上。

三

我对杰克的初始印象简直是坏到了极点，妈蛋，能用长沙方言跟我飙粗话的美国人，你见过吗？！题外话：汪涵马可在推广我大长沙方言这块真是做出了杰出的贡献啊。

别以为你请我吃肉请我吃肉请我吃肉，就没事了……

还得再来一个加大分量的蓝莓冰淇淋才行，哼！

杰克酷爱吃肉，这一点跟我相似。

我们一边愉快地消灭手撕鸡，一边聊天。

我问杰克，你的中文名叫什么？

他晃悠着两条大长腿，说，当然是李小龙啊！他是中国男人中的这个（竖起大拇指）。

我摇头，李小龙可以代表中国功夫，但不能代表中国男人，他个头不高的，你这长度跟他不一样啊！

杰克哈哈大笑，他摇摇晃晃地站起来说，你看，你看，这长度是不是很长！

纯洁的我一下脸红了。

四

杰克虽然讨厌，但是他的狗多利却十分讨人喜欢。

多利是条健硕的金毛犬，体重跟我差不离了。不管谁抱它，准能舔你一脸口水。

要是再给它一个苹果，那就更加不得了，假如它会说话，一准开口叫你爹，跟它主人一个德行。

这算什么，所有的狗不都是摇着尾巴，流着满嘴哈喇子跟你撒娇讨吃的么？

但多利特别得很，它有多特别，简直无法想象。多利不吃肉的！

狗！不！吃！肉！

这让无肉不欢的我非常困惑，到底是什么巨大的打击让多利对肉失去了兴趣？

还是，主人造孽太多，护主心切的狗为他积福从此一心向佛不食人间百肉？

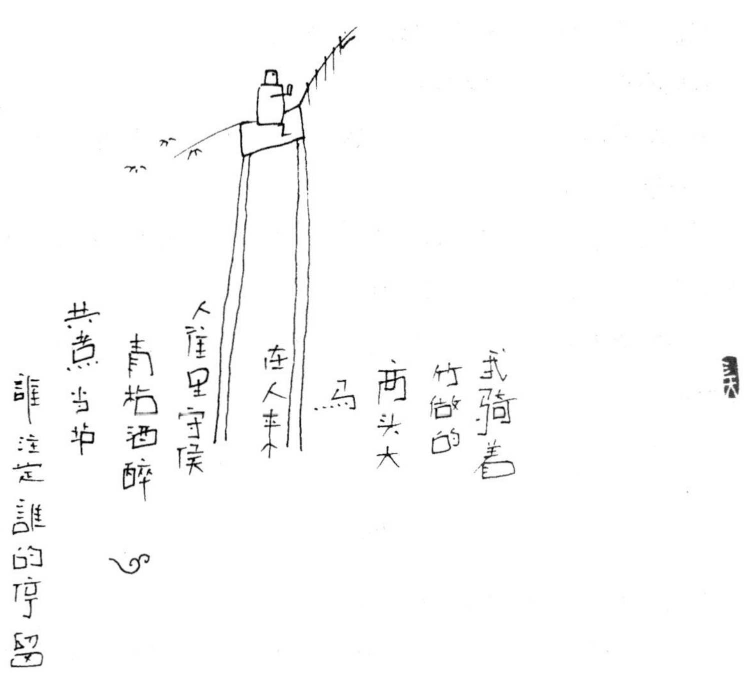

嗯，一定是后者。

岛国不大，也就是一个小岛，太阳每天升起，有花朵开放；潮水每天退去，有木叶枯萎。

再美的风景，时间久了，都成了墙上的一幅画，天天挂着，觉不出好看还是不好看。

我每天都在焦虑，下一顿吃什么。

阿欢在外边租了房子，为考研做准备。

业余足球队的杰克，也再也没踢过足球了。

他笑，我老是摔跤。

日子久了，我就跟晒在沙滩上的鱼一样，无聊得要死。

五

接下来，按照套路，你以为我要跟杰克来一场跨种族的生死爱恋？哦不，生活不是电影，我也不想当萝丝。

十几岁的少女不一定都怀春，何况，那时候的我心里经常质疑，我怎么肯定，我就是一个女生呢？

或者你以为我们会来一个三角恋，毕竟阿欢眉清目秀，说话温柔；杰克高大英俊，谈吐幽默；我虽然画风不美，但也是青涩少女一枚，这个故事总不赖吧？

多利：别忘了我！别忘了我！我是人贱人爱，吃斋好苹果的金毛犬。

不不不，我们之间，什么都没有发生。

因为什么都没有，所以特别无聊。

为了抵抗这种无聊，周末的时候，三个人便会进行无聊的约会。

比如，用一晚上，把小岛整个沿海木栈道走完。或者走很远山路，去到一个不知名的漂亮小山谷。

杰克说，要把可以走的路都走完。

我骂他，你到底懂不懂汉语，你能走的路还得几十年啊。

阿欢一如既往地腼腆笑，听我们两个斗嘴。

我们穿梭在老街巷里，杰克不时停下来喘气，我嘲笑他，像迟暮的老人。你看你看，前边这个老房子！绿荫满墙，窗扉半掩，多撩人！

我叹，要是有一个黑发肤白唇红的妙龄姑娘推开窗，朝我微笑，该多美。

杰克呵呵呵地笑，说，我有一个女性朋友，她应该蛮适合你的口味。

阿欢打断，指着窗户，你们看，哎呀呀……

窗户推开，有女人把褪了色的旧竹竿伸出来，上面飘着一条硕大的女人内裤，猪血色的。

我们一愣，继而相视大笑。徐娘半老的声音跟着一只烂拖鞋飞出来。鬼叫啥子呢……

仨儿撒脚丫子跑！

杰克踉踉跄跄地跑着，一头栽倒在地上。

他说，我起不来了。

说这个话的时候，他用的英语，一点不如汉语流利，磕磕巴巴，断断续续，歪歪扭扭。

他的手不停地抖，脚也抖，全身都在抖。

多利在旁边哇哇乱叫。

我吓坏了，也哇哇乱叫，问，怎么了怎么了？

阿欢把他抱起来，靠在腿上，又翻出他口袋里的药，灌下去。

哦漏！是发羊痫风了么？

不不，你陪我送他去医院，我现在打电话。

六

杰克从医院出来时，坐着轮椅，他早就坐着轮椅了。

小脑萎缩是种什么病?

不是老年人才会有的吗?

杰克你到底多少岁了?

我叫你叔没占便宜吧?

你有病不好好歇着,徒个什么山海线！踢个什么球！游个什么泳！

你你你……

我骂着骂着，就不出声了，坐轮椅的又不是我，不能走路的又不是我，这会儿讲什么都不合适。

我走出去，抓住阿欢：

通知他父母了吗？这到底是个什么鬼病?

你们筹划完他的最后一场球赛，不是还计划去一趟北京的么！那么多唇红齿白的妹子等着他呢。

杰克推着轮椅出来，咧嘴一笑，撑起身子，说，我还行呢……

他摇摇晃晃地站起来，努力立直了身体，说，你看，你看，我长度还可以吧?

我眼一红，一拳砸过去，半途改势又赶紧扶住他。

七

摔倒的杰克，就像一把从海里捞起来的水藻，快速枯萎起来。

他说话含糊不清，手抖得发不出完整的信息，阅读超过 10 分钟就会有剧烈的头痛，还时不时就可怕地抽搐起来。

我给他读书，读着读着，自己就睡着了。多利在旁边摇着尾巴，守着我们。

梦里，我跟杰克，阿欢，还有多利在海里游泳。浪花一阵又一阵……

闻讯赶来的父母，准备带杰克回国治疗。

可是，他还想踢足球，还想练胸肌，还想撩妹子，还想去北京……

在机场，杰克跟我们挥手，说，等我好了，我要开飞机回来找你们玩！

哦，是呢，他梦想当飞行员。

八

阿欢考上了研究生，我骑着车离开了小岛。

杰克的轮椅，辗转在各大医院。

有一天，我正在看书，手机叮叮响。

点开，一张照片铺满我的屏幕。

是杰克那不要脸的笑，他躺在沙滩上，比了一个大拇指的手势。

我很好，我在旅行。

来自杰克的问候。

我打电话过去，响了一会儿，被挂断了。

忽然想到，他大概是不想让我听到他磕磕巴巴的话语吧？或者，其实这条信息也是别人代编的？

我想起杰克的那句话：我要把能走的路都走完。

还好，还好，不是在医院，不是么？

有一种关心，是不敢问你好不好。

我们坐在礁石上，看天海交接的线慢慢涌过来，三个人数海面由远及近有多少种颜色；

有时候海风很大，浪花拍过来，直接打到身上，火燎火燎地疼。

我们叫着笑着爬起来，又朝木栈道摇摇晃晃地奔跑起来。

多利吐着舌头像箭一般冲出去，又窜回我们中间，来来回回。

一个慰安妇的死

一

阿开婆婆死了，校门口那个总是拎着小篮子卖零食的老女人消失了，像一道水蒸气，没留下一点痕迹。

我现在想起来，她大概有一个月时间没来了。之前每次放学经过时总觉得少点什么，但是又说不上来。

小镇上的人都在传说她死了，我忽然明白：哦，原来是少了她。

从我上幼儿园开始，这个老太婆就坐在学校门口卖零食，她就像长在门上的一个把手，毫不突兀地镶嵌在我童年生活的某个角落里。

阿开婆婆一个人住，没有子女，也可能有过子女吧。

她死的这天，小镇上几乎每家都派出一个代表，给她送葬。她就像过去时代的最后一个尾音，终于消失在空荡荡的礼堂。

木匠临时打了一口薄棺，法师超度，女人们帮着招待，一切程序都在悄无声息地进行，人们怀着悲悯的心，把她葬在莹茂岭——一个专门接收孤魂野鬼的地方。

然而这已经是仁慈了，因为她并不属于这个小镇。

二

阿开婆婆在世时，跟小镇上的人关系并没有这么亲近。她是从外地过来的。

在我记事起，那个时候她已经是个老女人了，拎着一个布包裹，一双小脚，走路慢吞吞的。

我注意到她的时候，她已经在学校门口蹲了很多天。

刚开始学校保安赶她走，把她小篮子掀翻，挥着手不让她靠近。因为学校已经有小卖部，她这是在挑战校长老婆的权威。

阿开婆婆从地上爬起来，拍拍灰尘，慢慢捡起篮子里的东西，坐在离校门口稍远的地方。

人家没有靠着门口卖了，你总管不着了吧?

保安动动嘴唇，最后还是把话咽下去了，他就像这个小镇上所有的普通人一样，并不是大恶之人，他没有理由再去打翻一个老太婆的东西。

阿开婆婆就像一道空气，用了一年的时间，从三米之外的小石墩一点点不动声色地靠近校门口。等到发现她又靠在门口卖东西时，大家心里已经默默接受了她的存在。

于是，阿开婆婆日复一日的蹲坐在那，穿着一身灰色或者藏蓝色的布衣褂，和她慢慢变得陈旧的篮子一起。

三

那个篮子对小孩子有无穷的吸引力。

它有各种酸酸甜甜的果脯，刚上市的雅典娜圣斗士，梅子心的棒棒糖，辣子条，可以打出去两米多的小水枪，米老鼠头像的卷笔刀，还有各种颜色的笔记本。

有一段时间，阿开婆婆酿了泡菜，那香味隔着老远都能逗得人满嘴酸水。

没多久大家都喜欢上了这个。保安一边扇着手吃爽口辣白萝卜，一边骂挤过来买吃的小孩子：小兔崽子！都排好队！

我每次都会捂着鼻子从人群中飞快地跑过。家里不会给我钱买这些零食，那个篮子里装的是我不敢去想的东西，我怕闻到看到了，会控制不住自己。

我最想要的是她里边那本天蓝色外壳的笔记本。

上面压着竹叶的纹理，小巧精致。每次经过我都看到它在向我招手。我梦里都是这个本子。

有一次放学的时候，小孩子一拥而上向零食挤去，小篮子倒了，蓝色的笔记本掉出来，没有人注意到它，阿开婆婆也没看到。

站在人群外的我看到了。我悄无声息地走过去，一把将笔记本塞在衣服兜里，飞快地往家跑。

等我到家时，我才悟过来，自己偷东西了。

四

阿开婆婆知道吗？

我想她可能知道，也可能不知道，毕竟她都那么老了。

她个头矮小，一双深陷在皱纹里的眼睛总是看着地面，或者递过来钱的一双双手。她从来不直视别人的眼睛，说话时声音压得低低的，习惯性地缩着身子，生怕占用了多的空间。

打那天起，这个笔记本，成了我跟她之间的秘密，每次看到她时，我都怀着鬼祟的心理。我害怕被人发现，也在等待被发现。

五

平静的生活终于有了一丝涟漪，但并不是这个笔记本带来的。

不知怎的，关于阿开婆婆的风言风语传出来。有人说她以前是慰安妇，就是陪着洋鬼子睡觉的女人。她老公当年死在鬼子刀下，孩子们嫌弃她丢人，不肯认她了。

据说阿开婆婆年轻时候是个美人，皮肤白净，一双小脚在那个年代是出了名的。

跟她同一年代经历过那些事儿的老人也有在世的，但是他们好像忘了当年是怎样的身不由己。那些不曾被迫失身的女人在阿开婆婆面前，忽然也变得骄傲硬气起来：我们是贞洁的呀。

她们压低了嗓门窃窃私语：

看她现在梳头还用蓖麻油呢，苍蝇不叮无缝的蛋，怕是自己骚气惹的祸。

就是，人家被羞辱了哪还有脸活着，她倒是活得好好的。

哎，听说鬼子那货特别大，说不定她爽着呢……

一阵笑声飘出来，大家看阿开婆婆的眼神变得意味深长。

孩子们不懂事，这些话到了学生耳朵里，就成了另外一个版本：阿开婆婆身子底下被捅出了个洞，每天晚上都血流不止，她那小屋子黑漆漆的，从来都没打开过，里面都是血腥味呢！

妈妈说她的东西脏，不能吃！

阿开婆婆的小篮子，一下成了孩子们避之不及的赃物。

六

我远远地看着她，因为身边没了小孩，她一下显得更小块了。

阿开婆婆盯着地面，一动不动，风把她齐耳的头发丝吹乱了，她好像一点都没觉察。

小镇上出了名的无赖老头走上前，笑嘻嘻地问她：哎，跟鬼子做有啥不一样？

阿开婆婆快速抬起眼皮来看了他一眼，又低下头去，她苍白的脸涨红了，嘴角颤抖，最后却什么也没说。

后来阿开婆婆没再出现在校门口，一天，两天，三天，很多天过去了。

大家好像都忘了，有个卖零食的老女人存在过。小孩子们也忘了，那个曾经给过他们很多快乐的篮子。

我也渐渐把她淡忘，只是偶尔被那本藏着的笔记本提醒。

等再听到消息时，阿开婆婆已经去世了，带着慰安妇的身份。

她下葬的时候，按照习俗，每个人都往她的坟山添了一把土，人们脸上带着肃穆的神情，仿佛那些捅进她身体里的刀子，不是来自于同一双手。

那个笔记本，跟着她的死，一起成了秘密。

求你，别再做慈善了……

一

我迷了路。

在村里边转了好半天，也没找到那所学校。

这边住户少，交通不便，跟外界接触也少。年纪大点的人又不太会普通话，被人指了几次路之后，我已经接近崩溃了。

所以，在看到前方那个十几岁小姑娘的身影时，我忍不住要欢呼了，她肯定是听得懂我话的！

小姑娘拿着一个搪瓷盆，从水塘里不停舀水上来，又泼出去，忙得不亦乐乎。我走上前才发现，她正把堆在岸边快枯涸的蝌蚪冲回水塘里。

那些无辜的蝌蚪，大概是撒出去的渔网一起带上岸的。

现在还是春寒时期，小姑娘脸蛋红扑扑的，居然浸出一层亮晶晶的汗珠。

我问，这是干吗呢？

小姑娘头也不抬说，没看到我在救蝌蚪吗？

可是，这么多，你能救几个呀？

能救多少救多少呗！

我仔细打量她，不过十一二岁的样子，黑漆漆的眸子好似两只蝌蚪，一脸倔强。

我笑着问她：你知道 ×× 学校怎么走吗？

她抬起头，犹疑地看了我一眼：后天才上课呢！

我点头：嗯嗯，我找你们张老师。

小姑娘眼神滞了下，忽地站起身，指指前面，你顺着路往下走，第二条路岔口的时候左拐就好了。

我连声道谢，往学校赶去。

因为涉及一些不便透露的信息，我把学校名字隐去，后面就直接称呼学校。

二

这所学校算不得正规学校，就是几间民宅，加上缺胳膊少腿的木桌椅组成的，整个学校就一个老师，就是我说到的张姓老师。

他也不是本地人，机缘巧合到这里，给孩子上课，一待就是四年。

我之所以找到这里，完全是因为他网上留下的信息。他建了一个网页，上面详述了学校的各种情况，每个学生的家庭状况，以及需要的帮助。

网页浏览量并不大，但还是会被一些有心人看到并且关注，这也是学校得以继续办下去的原因吧！

我来，是为了给孩子们上课的，他说希望有一些女性老师能在空闲的时候给孩子们上上美术或者舞蹈课之类。

我不是个有爱心的人，只是恰好看到了，恰好有空，恰好就在这穷乡僻壤游荡。这么多恰好，我给不出理由来说服自己不做点什么。

也就有了上面的迷路和对话。

三

去到学校，比我想像得还简陋，不过空坪地上居然还立着一个简易的篮球架，大概是那位年轻男老师在这里唯一的娱乐方式吧！

张老师就住在学校里头，看他也就30出头的年纪，一张干干净净的脸挺招人喜欢的。

他带我参观了一下，其实也就三间房，一个大的是教室，一个是厨房加食堂，学生自己带饭在这里热，还有一间是他的卧室，我没进去看。

“我帮你在厨房搭了床，你委屈一下，不行这段时间你睡我房间，我睡厨房。”

“条件差一点，不过大家都是年轻人，有心一切就能熬过去！”

我点点头，放下行李，心想，没老鼠就好。

四

那天遇到的女孩叫春妮，12岁，算是这个班比较大的孩子了。孩子们年龄跨度比较大，大部分十一二岁左右。

他们学习的内容跟现在五年级差不多，张老师简直是超人，语文数学地理政治什么轮着来，让我惊叹不已。

只是，很多孩子虽然对他很尊敬，但并不是跟老师很亲近。

我想到这里边很多孩子都是受他帮助的，这个年纪自尊心强，所以一定是既感激又自卑吧？

然而事情却并不是我看到的这么简单。

下课时几个女孩子凑一起咬耳朵，我走过去，想融入孩子们中间，但是她们一下就散开了。

我逮着春妮，问，什么好玩儿的话不给我听呢！

春妮避开我，笑了笑没说话，一扭身子又走了。

到中午吃饭的时候，孩子都是自家带过来的饭菜，我注意到，春妮搪瓷盆儿里就几块红薯，她躲着我询问的眼神，快速地吃完了。

我跟张老师说起这个事，他解释：这孩子父亲早逝，母亲改嫁，一直跟着奶奶过日子，连学费都是他帮忙掏的，日子过得是挺苦。

不是有人一直在捐助她们吗？

张老师没回我，点了支烟，吸了一大口，慢悠悠地吐出来。

我等他酝酿好。

你以为那些钱能直接给孩子家长么？

很多钱根本用不到她们身上，尤其是没有父母的孩子，都让姑姑舅舅大伯什么的给拿走了。

我都是一个个家访清楚，按月发给孩子自己的。

那春妮的生活费呢？

她？她自己不肯要。

我还想问，张老师把烟头往墙上一摁，说，我晚上还要去一趟学生家，你刚来什么事都不懂，还是不要想得太简单的好！

五

我决定去一趟春妮家。

一路问着，摸到她家，已经天黑了。春妮的奶奶很热情，把茶杯洗了又洗，一个劲儿叫我留下来过夜。

我听不懂她的话，春妮在一旁翻译，但是我感觉到孩子对我的戒备心。

晚上，我们躺在一起聊天。

我问：你为什么不要生活费呢？奶奶拉扯你已经很辛苦。

她闷着头不吭声。

我解释：那些钱都是社会上的好心人捐助的，你好好学习，以后可以回报社会，不需要觉得愧疚呀。

有时候，我们是需要别人帮助的，这样以后我们能更好地帮助别人。

可是，我不想去张老师家……

春妮闷在被子里，小声嘀咕。

什么？我没听明白，追问她。

但是春妮转身拿背对着我，不再说话了。

我百思不得其解，一晚上没睡好。

六

第二天，张老师问我，晚上去哪了。我回，在春妮家呢，想跟她增进下感情。

哦，你倒是有心了。

顿了顿，他似乎考虑了很一会儿，问：你们昨天聊了什么？

没说啥啊，春妮这孩子太内向了。怎么了？

张老师定定地看着我，似乎想确认我说的是不是真的，一会忽然自顾自地哈哈大笑，说：你个丫头胆子也真肥，这边什么都不了解，晚上别瞎跑，当心出啥事！

我呵呵呵呵呵，哪有你说得那么夸张。

在这边几天，带孩子画画唱歌跳舞，慢慢也就适应了。孩子们天性敏感，感觉我这个新来的老师是真心对待她们，也就跟我亲热起来。

有几次聊天，我问其他女孩：

你们喜欢张老师吗？

女孩子们面面相觑，没说话，我鼓励她们，张老师一个人待在这边，离开自己的亲人，就是为了你们，真的很了不起哦！

春妮回我：老师，我喜欢你！

七

晚上下雨，厨房漏水，我跟春妮说，住她家。

躺床上，春妮搂着我胳膊，两只亮晶晶的眼睛看着我，说，老师你会一直留下来教我们吗？

我回避她的眼神，老师每年都会过来的！

真的吗？

嗯，每年都会回来的。

春妮把身子往我怀里拱，过了半晌，她冒出一句话：

老师，你知道我为什么不肯拿生活费吗？

因为，因为所有拿生活费的女孩子，都要在张老师家过夜的！

我全身震悚，简直不敢相信孩子的话！

这是什么意思？！

我坐起来，抓住春妮的肩膀问她。

春妮脸色忽然变得冰冷起来，她毫不回避我的目光，直直地把我疑问和震惊看回去。

那神色，不属于一个 12 岁的少女。

不止他，那些老师说的好心人，每个月都会来几次。

那时候，拿生活费的女孩子要去陪他们。

有时候还会带出去，坐着车，回来的时候穿着新衣服。

我知道怎么回事，班上几乎所有的女生都去过张老师房间。

春妮这些话，让我如雷轰顶，炸得神魂不知所归。

你没有跟大人说吗？

那些家长们不知道吗？！

孩子鄙夷地哼出声来，当然知道呀，他们都指望着那点钱呢，没女儿的人家才会难过。

我跑到最近的小镇上，找到网吧，打开网页，联系上几个长期资助的“好心人”电话，我不知道自己要求证什么，孩子会撒谎吗？

八

喂，叔叔你好，我是 ×× 学校的春妮，你啥时候过来看我啊？

哦……你是上次那个女孩？怎么，想我啦？嘿嘿嘿……

嗯嗯，我们下周放假呢！你过来吗？

好啊，我到时过来找你，叫个女同学跟你一起，要漂亮点的，我还带个朋友来……

我握着话筒的手在发抖，电话那头说什么我已经听不清了。

从收集证据，到说服春妮跟其他几个孩子作证，然后无数次地问话，令人触目惊心的真相渐渐浮现出来。

这个过程曲折而艰辛，但我一直坚信自己在做一件对的事。

九

张老师被抓走那天，我跟春妮她们都在场。

那天中午，阳光明媚，可是我浑身止不住地抖。

张老师扭着身子，回过头看我，冷冷地笑：

你以为你这么做就对吗？你救不了她们的！

有家长指着我，眼中目光恨恨的。

一个学生把土块扔我身上，骂我：

张老师走了，谁给我们上课？

谁给我们生活费！

越来越多的孩子朝我涌来，哭声混着骂声。

我一边躲着攻击，一边朝外跑，眼泪止不住奔出来……

是啊，孩子们的课，该谁来上啊！

我这样到底是救了她们，还是害了她们……

被推倒的慈善，要怎么建立起来？

如果所有时间
你都自由
那么所有的
时间必京
属于你

我有个好玩的东西给你看！

二姐溺水走了，所有大人都在哀哭嚎叫，当时我才几岁，躲在人群的角落里惶恐不已。

父亲怒骂母亲看护不力，几次奔过去掐住她的脖子，又被众人拉扯开来，大家互相询问悲剧的始末，又忙着安慰伤心欲绝的父母，忙乱成团。

二姐通体苍白，躺在铺着棉被的地面上，头歪向一边，我盯着她看，忽然发现一行清澈的水从她眼里鼻孔里流下来。

我想告诉某个人，二姐身体上的变化，但是大人们沉浸在悲伤和愤怒中，筋疲力尽，我和二姐一同被遗忘了。

这时候，有个壮实的身影闯进来，扛着木板和工具箱，现场为我的二姐做了一副棺材。他是我们小镇上的木匠。

他做木工活的时候，沉着一口气，谁也不理，量好尺寸，把线拉得又长又直，干脆利落，就像在做一件举世无双的艺术品。

只半天工夫，一副精巧结实的棺材便做出来了。木匠抱着二姐放进去，显得熨帖又乖巧，大小刚刚合适。

母亲扑过去拉扯木匠的手，不肯让他把最后的盖子钉上。我生气了，觉得她在打断木匠的工作，而且，二姐躺在里面那么合适。

难道，要让她一直睡在地上，听大人们吵吵闹闹么?

我拉住母亲的衣角，对木匠说，快钉上吧，然后捡起地上的钉子递给他。木匠似乎感激我的配合，笑着冲我点点头，说，我做得很结实，你二姐不会被闹的。

我觉得，他理解我，就像我理解他的世界一样。

这次事情之后，我隐隐觉得小孩的世界里多了一个朋友，而且这个朋友是大人，这让我又高兴又骄傲。

他是我们镇上唯一的木匠，他家祖传三代都是做木工活的。这个小镇上，每户人家里都有他的作品，红木大床，竹藤椅子，实木饭桌，雕着凤凰的梳妆台，铜环衣柜，屏风架子……

谁家东西坏了，只消过去他家对着门口喊一声，不多久木匠就背着工具箱过来，一声不响地修好，连水都不喝一口就走掉了。

这样老实又活儿好的人，理应受到大家尊敬的。但是这个镇上谁也不会尊重他，哪怕受过无数次免费维修服务，大家谈起木匠，仍是一口轻蔑的语气。

因为木匠他，居然想造一架飞机。

这个祖传三代做木匠活，没上过一天学堂，连自己名字都不会写的人，竟然想造飞机，真是太不自量力了。

木匠并不是头一次这样的与众不同，他以前也尝试过很多别人家从来不做的事儿。

比如养兔子。这个江南小镇上没有谁养过兔子，他却从外地挑了一窝小白兔崽子回家，圈在院子里养着。

除了格林童话里面的插画，我从来没见过真正的兔子，所以我和镇上的小朋友都喜欢去木匠家里看兔子。

木匠家里到处都是刨木花儿，木香味经久不消。那些兔子安安静静地待在窝里，但是没养多久就死了，听说是沾了带水的菜叶子。

没等我难过，第二天他又挑了一窝兔崽子回来，说要研究兔子是怎么挖洞的。这次兔子没死，但是把他家里挖得大大小小都是洞，最后跑了。

木匠觉得看完兔子挖洞也满足了，又养了一堆长腿的大鸟，长得好像鸵鸟，不能飞，长长的脖子，站着比我还高。

他说养了给孙子当座驾，要是我喜欢也送我一只。后来他的小孙子从鸟身上栽下来，头上肿了一个大包，木匠被女儿责骂了好几天，大鸟也没能养了。

再后来他又养了鸽子，或者其他稀奇古怪的东西，总之只要他觉得好奇了，就会忍不住去做，为这些好奇心，他没少烧钱，经常被老婆责骂，小镇上的人也时常笑话他。

可是这些也无伤大雅，毕竟他做得一手好木工活儿。

但是这次不同了，他居然说要造飞机。这让小镇上百分之七十连飞机都没坐过的人恼怒了，这个木匠简直太过分了！

每个人经过他家都会问一句，你飞机造好了没有呀？然后绕着他的木头装腔作势地走一圈，大声叹气说，这就是要逼公鸡下蛋啊！

木匠铁了心，什么活也不接了，天天把自己关在家里研究。老婆怨气连天，骂他不务正业，丢人现眼，儿女也不能理解他的行为，为了避免被镇上的人嘲笑，他们甚至要跟木匠划清界限了。

我溜过去的时候，木匠正痴痴地望着木头发呆，看到我，他大吃一惊，因为长期没有刮胡子，整个人看起来像中了魔一样。

十三丫头，你画画好，帮伯伯画个飞机好不好？

我拿着木炭儿，想着课本上飞机的模样，画了个轮廓给他，木匠高兴得直搓手，大声说谢谢。他想了一会，又从刨木花儿里面寻了几根小木头，做了个风车给我。

我举着风车跑起来，心想，木匠也许能做出飞机来也不一定呢！

等伯伯做出飞机来，第一个请你坐！

木匠在我身后大声喊，我咯咯咯笑起来，说，好！

过几天后，木匠失踪了，他家里的刨木花儿木香味都还在，人却不见了踪影。半个月后木匠回来了，皮肤白净了不少，身子也消瘦了。

有人说，他爬到机场轨道去看飞机，被保安当作恐怖分子扭到派出所了，关了好些天才放出来。大家从生气变成了同情，虽然木匠手工活儿好，可是到底脑子有问题啊。

家人渐渐也对他死了心，不再期望他去接那些能赚钱的正事，木匠的老婆也拒绝给他洗衣做饭了。我每天放学后都会去木匠家门口看看，有时候坐在门槛上跟他聊天。木匠每次都会说，等飞机做好了，我第一个请你坐。

几个月后，木匠的飞机终于做好了。全镇上的人都赶过来了，他家门口挤满了人，一个装了马达，三叶螺旋桨和椭圆形肚子的飞机出现在大家面前。

木匠在一伙人的注视下气定神闲地走进去，然后启动。马达突突响起来，螺旋桨叶越转越快，地面上的灰尘扬起来，大家不自觉地后退出一个大圈，飞机最后竟然真的慢慢离开了地面！

在众人的惊叹声里，木匠坐着他几个月的心血之作，慢慢卂上去，朝着前方飞去，但是没多久，飞机歪歪扭扭地往下坠，像喝醉酒了似的，最后一头栽下来。

大家都齐齐放心下来，就是嘛，一个木匠怎么可能造出飞机来。

木匠从飞机肚子里爬出来，笑眯眯地对我说，下次等我飞稳了再请你坐啊。我告诉他，飞机已经飞上去了，你真厉害！

木匠高兴得直搓手，他说，我还有个更好玩的东西给你看呢！

后来，我读书离开了家乡，但还是会经常想起这个像孩子一般的木匠，只要他高兴，哪怕全世界的人都嘲笑质疑他，他也能气定神闲地干自己喜欢的事儿。

为了好玩。这个世上还有比这更正当更任性的理由吗？

前不久，听人说，木匠离世了，路上出了车祸，死的时候背上还背着他的工具箱。我想，在另外一个世界，他一定也可以做出好玩的东西来吧！

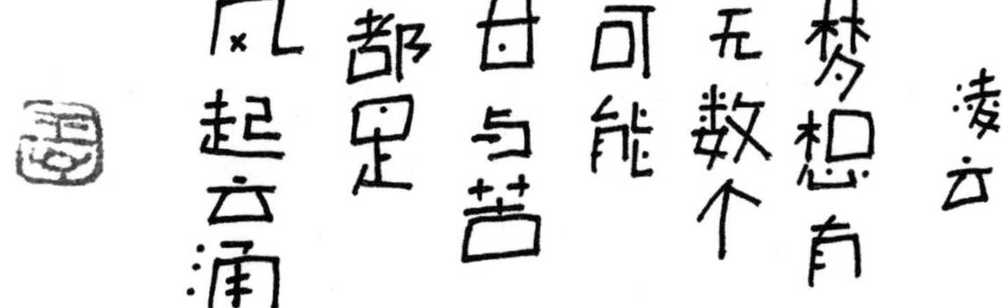

他突然骑车出走了

你身边可能都有这样一个朋友吧：在一线城市工作，长得一般，每天穿着衬衣西裤黑皮鞋，脸上挂着标准的服务行业微笑，靠着几年不懈努力业务也还不错。

眼见着升职加薪，底下也开始有一帮自己的得力下属了，别人见到他也会开始带个尊称 × 总——总之他是很多来到一线城市，靠着能力和努力一点点站稳脚步的打工一族的缩写。事实上你肯定不止有一个这样的朋友，事实上没准你自己就是这样的人。

你能想象这样一个朋友突然有一天离家出走了吗？然后等你再听到他的消息时，他已经骑着一辆破自行车，在丈量祖国的边境线了。那照片里，烈日别样红，天空凛冽蓝，他标准的服务微笑从脸上剥掉了，只露出从灵魂里透出来的快乐和纯真。

你很难想象，环顾我四周所有具有上述特征的朋友，我也几乎找不到完整的一个。这么说是因为我也曾经这么做过，但是那时候我还很青涩，手里一无所有，这种无所畏惧失去的勇气才让我一路走了下去。

他是我见过的最帅的屌丝。

但是他不同，他出走那一年，正值事业高峰期。

在深圳摸爬滚打四年，由刚开始意气风发的小伙子一个月跑烂了四双鞋去做销售，到四年后负责一个区域的总业务，生活也跟这个城市的角角落落刚刚磨合好，身边的一群朋友都是几经患难与共后筛选下来的。

生活刚朝他露出善意的微笑来，他选择出走了。

就在一个再平常不过的早晨，开完例会后，他递了辞职报告，做好工作交接，请朋友吃了顿饭，然后跟出门买包烟一样，平平淡淡理直气壮地走出去，不回来了。

那些嚷嚷着工作无聊，人性复杂，办公室斗争令人作呕，人生单一无趣的人，却并不舍得放弃他们每天咬牙切齿的生活，只能在日复一日的煎熬中一点点妥协，忘却自己，直到完全麻木，倒也觉得舒适起来。

而他，戏剧性地选择了在“六一”儿童节那一天，骑着车出发，去活一个属于自己 样子的模样。

为什么有那么多骑行流浪的故事，我不想说，也并不欣赏钦佩，因为很多人选择这种流放方式，是出于对自己现状生活的不满，而又无力改变，这种出走不需要勇气，只需要自暴自弃。

只有在你拥有了很多东西，尝试了稳定温暖的生活后，做出的出走，才有直击心灵的力量和震撼，因为这是一场势均力敌的交换，是以平等姿态跟生活的谈判。

是我们主动，做出的选择。

那一年他 28 岁，骑着一辆摔断了半边把手，绰号叫“独角牦牛”的美利达勇士 550，历时 76 天，骑行了 5673 公里（路线曲折），住在最破旧的青年旅馆，半路还丢了钱包，靠着身上两块五毛钱走过来。

但， 这并不是一个脑子里长着浪迹天涯，行侠仗义的追梦人如何历经千难万险，最终实现辉煌的励志故事。

如果是这样一个故事，他应该才 12 岁出头，身负血海深仇， 或者干脆就是一个孤儿，一路走来，奇遇不断，最终练就一身非凡武艺，战胜无数出身优良的富家贵族子弟，赢取白富美，从此人生走上巅峰。

但它却不是这样一个故事。

它是一个怎样的故事呢？在全世界都在追逐着名利的时候，他却在追逐自己的梦想。好吧，这两件事其实没那么不同，被名利俘虏的人也算是在追逐自己的梦想。

但是他的梦想，却是真的梦想。

这个梦想，不是“爸爸妈妈说”“老师说”“电视报纸说”里那个被说出来的蓝图；不是蓝领白领之上的那个金领；不是猎人给麻雀设的圈套里的那点米粒；不是留在教科书上那个被活人任意涂抹描绘的名字……

与其说，他在追逐这个梦想，不如说，他被梦想选择了，因为在后面漫长的年岁中，他对这个梦想毫无抵抗能力。

我见过很多在路上骑行的人，徒步的人，自驾游的人，“出行，流浪”这些名词很有煽动力，这是一种奢侈品的象征，为什么这么说，因为它需要很高的成本，时间和金钱。

走在路上的人，总有一种莫名的优越感，你看，我在拥有一件奢侈品。这种心理让“我为什么出发”的思考，简化成了“我要出发”的冲动。

所以，他们机械地前进着，拍照，发图文，忍受着这个随时都可以结束的苦难之旅，只需喂饱自己膨胀的虚荣心。没有一个人，有勇气一直在路上。

我想他也是吧。

难道不知道五星酒店的床有多温软吗？难道忘记了城市里面灯红酒绿的娱乐跟美食的味道了么？难道不记得楼下拐角处的咖啡馆里熟悉的安逸了么？

那些东西，熨帖安妥地等在那，触手可及，你每天都知道自己的生活是如何被安置在一个舒适的空间里的，这份踏实和不变，才是生活应该有的常态，不是么？

他说，不是。

骑到破庙里，架着小炉子煮泡面加野菜，听着外面雨滴长夜，让一个个不期而至的旅人挤在自己脚边的防潮垫下（那可能就是一块塑料布），分享彼此的食物和故事。

那份悠闲和惬意，可不比咖啡馆里的闲谈差呢！

等长长的旅程走完，我问他，你该回来了吧？

众人的艳羡里也带着疲倦和观望，你特么总是要生活的吧？体面的日子才是一个社会人的责任。他笑着说，回不来了，我已经被另一种生活选择。

他说，我想做点有意思的事。

于是，在那个古老的小镇上，他开了一个叫爱情公寓的青旅，里面有上下铺。我想爱情应该不会在上下铺中间发生吧。但实际上有很多爱情在那里发生，也有很多爱情在那里停歇。

这个青旅，一点都不像青旅。什么都是他自己亲手倒腾的：拼接桌布，古朴台灯，葡萄架，花圃，明信片，路标牌匾，房间走廊上的墙画……

他把自己的气质，用一个爱情公寓装得满满的。

我是个有洁癖的人，所以我觉得这个气质跟我是相冲突的。

你看，那厨房谁都下厨，吃饭时候满满一桌子，中间还总是有不请自来的陌生人，你拿把香菜，他拎根萝卜，跟过家家一样，又像是一个大家族里的大锅饭。

吃完就算了吧，还偏偏要生一堆火，烤着甘蔗馒头玉米，你一言我一语地瞎聊，平时不都是一群“我很内向很孤独很忧伤”的人么？怎么到了这个屌丝气质满满的爱情公寓就全体变异了？

而且，你们呼啦啦一群大人，跟在他挂着黄色鸭子玩偶的自行车后面疯，不觉得害臊么？整个一旅游团似的，不是说好了“一个人的旅行”、“要当个静静的美男 / 女子”么？干吗要凑群热闹？

还有你，你，你，拍这样的照片，不是你平时的风格啊，什么，你还要洗出来做出明信片？他是个疯傻，你们怎么都跟着疯傻呢？

那些平日里一本正经的人，到了这个旧民宅公寓，忽然集体返璞归真，流露出一种孩童的天真和好玩来。这大概也解释了，为什么当他准备爱情公寓第二次装修升级时，只用了一天的时间就众筹成功了。

我默默地想，爱情公寓就是种传染病，专门传染屌丝气质。然后我小小犹豫了一下，就跑过去跟他们体验地摊生活。等晚上收工了，坐地上跟吉他歌手一起胡乱唱，鼓手敲得咚咚直响，毫无章法可言，就像我当时的人生。

那时候，我眼睛犯了病，走路看东西都带重影的，经常忽然就看不见了，医生说不能再看书写字了。我跑到这个小镇，窝在爱情公寓里养病。

我怕出去，怕走路摔跤，怕以后好不了，但是我当然不能让人知道我的脆弱。

所以他带我出去的时候，我都假装很轻松。我们从小镇最低洼的地方，走到最高处的山顶，从最繁华的早市，走到荒无人烟的沙地，从星空密布的夜晚，走到朝阳绽放的清晨……

等走完整个小镇的每一个角落，吃遍百家饭后，我的眼睛就恢复了。然后，我又回到了城市。他守着自己的爱情公寓，带着另一波刚刚摘下面具，急不可待地扑进大自然玩耍的大人们。

我在他微信里，每天分享着爱情公寓不同的故事和照片。

他的足迹从西北一路纵深，走出了国门，走向每一个染着他气质的地名，那一口白牙的笑，点亮了我许多灰色的日子。有时候埋头在格子间工作时，想想还走在路上的那个人，心里就心安许多。

有人说，生活总归是要稳定下来的。

我不知道什么叫稳定的生活，衣食无忧，温饱体面么？如果说朝九晚五是一种生活常态，那对我，对他来说，一路前进也是一种生活常态。

只是，我们选择的方式跟大多数人不太一样，但并不是因为这个不一样，就表示没有“好好踏实生活”呀！

我最看不得那些假装好意，实际诽谤地劝慰“你应该踏实点过日子了”的人，这个踏实要如何定义呢？赚很多的钱，买很高档的衣服，补充一堆营养保健品，在钢筋水泥的城市里有一方自己睡觉的格子？

这些算是踏实过日子吗？

如果这是你所追求和渴望的，那这样的生活姑且算是踏实吧。

他呢？

做自己开心的事儿，娶了喜欢的人儿，在一个喜欢的地方，换着花样百般折腾，这样鲜活灵动的日子，你敢说不是踏实过日子？

我想，那些鄙夷的面目底下，应该深藏着一颗嫉妒的灵魂吧，因为在他们干瘪的人生里，除了有点钱（很可能也没有），简直没有任何其他可以夸耀和值得肯定的东西。

而钱，是他玩着生活也能赚到的。

在我忙着考试学习的期间，他告诉我说自己注册了公司，招了一批志同道合的小伙伴，在忙一个“很棒很好玩又能赚钱”的项目。对了，他说，下次过来这边，我可以开车接你了。

这话我不信，记得刚买车的时候，我们走出去 10 米不到就一头撞在大树上，只好又叫 4s 店的伙计弄回去修车，他照样嘻嘻哈哈地说，真好玩，要好好练车了。

我们挑着大晚上人少的路，一路开到雪山脚下，中间上坡的时候熄火 n 次，有时候超过一辆三轮车，他也能兴奋老半天，要知道坐在副驾驶室的我可是惊出一身白毛汗啊！

可他就是这样的一个人，熄火后怎么也启动不了时，就会认真跟你说，别担心，车上有水有饼干有暖气，我们看一晚星星吧，等明天叫朋友过来开回去。

随遇而安，随处可栖，任何事情，不管好坏，都能用玩的心态来面对和处理，这种生活态度跟方式，正是我缺少和向往的啊！

就在我写这篇文章的时候，他告诉我，又搬办公室了，公司正在面临新的契机和转折，哈哈哈哈哈哈哈！我才不会告诉你，很可能是他又玩倒闭了准备重新开始呢！

但是又如何呢，人家永远都能玩下去啊！

关于那些舍断离是怎么做到的，两块五毛钱的日子是怎么维系的，异国他乡语言不通的困难是怎么克服的，爱情公寓是怎样一点点建立又存在于人心的，他是怎么打败一大波对手，娶到那个漂亮的少数民族中学女教师的……

那些故事的细节，有些我不能说，有些我不知道，但是终有一天，我会原原本本地把他的生活，他的梦想，捧到你面前，提醒那个曾经孩童般笑着的自己，你也有过一颗跳跃的心啊！

他说，我的出走，早有预谋，而你的骑行经历，给了我榜样。那个梦一直在那里，那个人一直在那里，只是在合适的时机，他醒来，他被选择了。

最帅的屌丝，没有之一。

他的名字，叫大河。

初心

岁月有
无数个
过去
回味中
只有一个
当初

第四章

嘿，坏女孩!

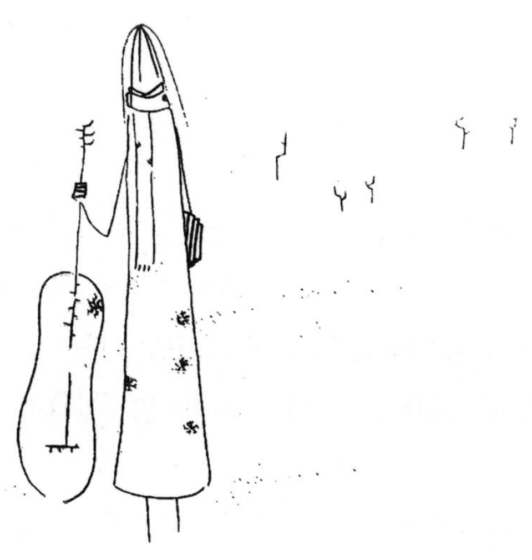

意识到自己是一个女性（看仔细了，我说的是女性，而不是女生）这个过程有太多的感慨了。一个自卑到自负的女孩，是怎样一点点改变，成为现在这个自己的，我有很多话要说。

一直想做个坏女孩，却循规蹈矩活了几十年

一

小时候，我总被人夸，是个好孩子。

每天按时交作业，到点自己起床做早餐上学，上课积极回答问题，考试每次拿第一，捧回来的奖状挂满几面墙……

我就是别人家的孩子。各种赞誉涌向我，可我心里一点喜滋滋的味道也没有。

每次看到别人逃课，我的心也叫嚣着飞出去，现实却只能把下意识迈出去的那只脚悄悄收回来，哎，谁叫我是好女孩呢！

当好女孩的代价太大，不能爆粗话，不能打架，不能逃课，不能考砸每一门功课，不能上课睡觉，不能早恋，不能抽烟，不能泡酒吧，不能看小黄书，不能穿奇装异服，不能文身，不能……

Fuck！我的人生苍白得只剩下试卷。

二

当我上大学时，我发现自己就是一个白痴。

能把避孕套当口香糖吃的好女孩，你愿意当吗？我学了很多年的防卫自保，在被一群女孩子攻击扒我衣服的时候却不知所措，因为好女孩从来没学过怎么打架；更不要提第一次接吻了，对方把舌头伸出来，吓得我一巴掌抽过去："不是说好只亲嘴的吗？"

时间轰隆隆地溜走，无数次冒出来的坏女孩因子被压抑着，束缚着，直到它们沉睡下去，再也兴不起风浪。

我终于长成了一个方方正正，不懂反抗，不知毛片为何物，喝酒就倒的纯洁好女孩。

老师和父母都喜欢她，可我不喜欢自己。

三

那时我特别羡慕那种看起来坏坏的女子。

因为她们活得真像个人啊。

大学宿舍时有几个女生特别出风头，敢想敢做，敢打敢骂，虽然也欺负过我，但是那种肆意妄为的生活让我只能痴痴仰望。

她们从小就谈恋爱，因为身经百战，所以从来不会为了某个男人或者一段不顺利的感情就寻死觅活；

她们懂得自己的酒量，知道什么场合该怎么喝，喝多少；

她们试遍了各种衣服，什么露胸装、裸背装、齐逼小短裤，知道最适合自己的衣服和风格；

她们在我还没用过洗面乳的时候就会化各种舞台妆、日常妆、晚宴妆，出来工作从来没有像我一样为面试涂成熊猫眼而抓狂；

她们每年都会跑出来骑行爬山跳伞，而不是参加各种补习班，谈吐间是鲜活灵动的风土人情，而不是国家地理里的动物大交配科普……

这样的坏女孩从小就经历了很多，做着在大人们看来十分出格之事，却恰恰因为她们什么都经历过，而更加有自制力。毕业这么多年过去，现在的她们并没有因为当年的坏和叛逆误入歧途，相反她们越来越优秀了。

教会一个人成长的，永远不是教科书上的大道理，而是我们的人生经历。

四

前段时间，安妮宝贝的电影《七月与安生》热映。我没有去看，但是听朋友说很不错，里面互换人生活法的桥段我特别喜欢。一直保守规矩的女孩去尝试一段不安分的人生，而经历了人生种种的坏女孩终于能安下心来，长大成人。

这其实是我们所有女人的真实写照，我们既渴望冒险叛逆多彩多姿的人生，又眷恋安定温暖沉静平淡的生活。

可是，没有放肆过的人生，又怎么安定得下来？到最后，心里总有一丝缺憾，或者只能让那一份渴望永远地死去。

五

20 岁之后的我，把过去所有的坏都狠狠地要回来了。

我学跳钢管舞，一个人半夜化着浓妆去酒吧热舞，去调情去大笑；我喜欢肆无忌惮地说黄段子和表示听懂黄段了，当个成年人多痛快；

我不想要朝九晚五安定的工作；我不想找个“他是个踏实的人，对你很好”的男人结婚生子买菜做饭；我骑着车走边藏，摔断锁骨摔断胳膊，站在雪山顶上拍裸照；我买了一堆酒放在卧室里，每天晚上喝点小酒看小片……

哎，那种感觉，就是酷夏当头浇下的一瓶冰可乐，爽透了。

我曾经说过，支撑着我们人生的东西，从来不是我们真正喜欢的，而是我们所惧怕的事物。而我，因为过去十几年好女孩的生活，让我害怕所有的束缚，害怕无趣，害怕循规蹈矩，害怕一成不变。

所以，不要劝我安定下来，不要劝我选择世俗意义上更好的爱情、工作或生活。

没有阅尽繁华，哪里懂得宁静平凡的好。

六

就像我迷恋经历丰富的男人一样，他们最懂得自己心里需要什么。我不稀罕当谁的唯一，更不稀罕做谁的初恋，我觉得那都是没见过世面的自我偏执。如果一个男孩约会喜欢的女人，却连避孕套都不懂得准备，你就称不上合格的男人。

因为，想上一个自己喜欢的女人多正常啊，你却连这个都不敢承认。

或者，你觉得表现自己纯情比保护双方生理健康更重要？

男人和女人在这方面其实没有本质的区别，只有玩遍了玩够了，才能真正安心于家庭生活。很多人鄙视对方谈很多次恋爱，甚至为此耿耿于怀觉得不公平，其实这比以后结很多次婚的成本低得多啊。

假如你另一半在你之前阅人无数，你得开心，因为经验越丰富的人，会变得越挑剔，也越懂得自己现在需要选择什么样的人。

我愿意自己未来的那一半，解锁所有的体位，懂得女人的各种好，如此大家才能安心相处，而不至于总是张望外边的风景。

何必在本该约炮的年纪选择青灯古佛，在安享人生的时候却去纠正错误呢？

至于那些缅怀过去，悼念青春，艳羡别人的事就免了！

长大的我们，没有悬在头顶的教鞭，也没有父母的巴掌，想做什么，想要什么、喜欢什么，就大胆去尝试吧。

循规蹈矩几十年，是应该还债了。

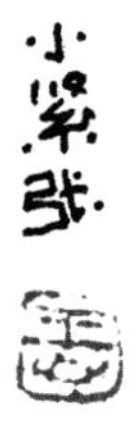

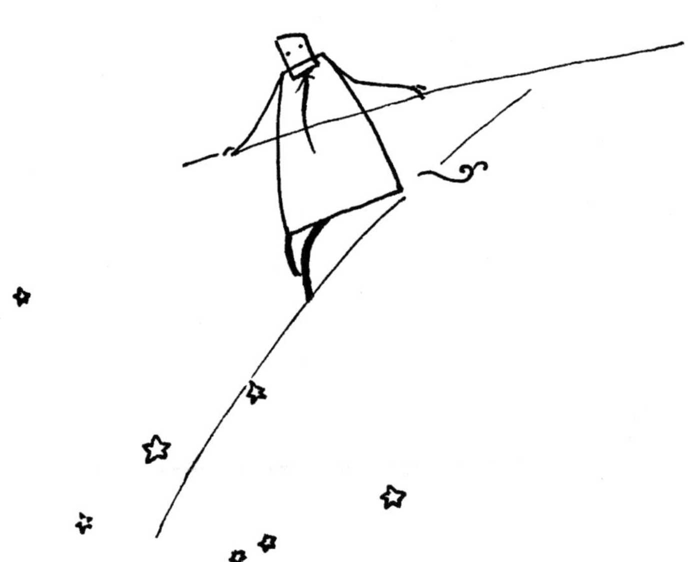

那个在酒桌上谈笑风生的女孩，你还好吗？

善于言辞或许会赢得别人一时的关注，但是真正的尊重源于我们自身的实力。

不然，谁知道别人是不是拿看一盘菜的眼神在关注你呢？

一

因为一期人物专访，我跟某街道办的L小姐认识了。她是当时负责跟我接洽的人，肤白貌美，笑起来嘴角能漾出蜜汁来，是东野圭吾笔下那种圆脸甜美型的个可人儿。

我们具体沟通的事项并不多，很多资料转接也是由其他人给到我。每次见着她都是站在领导旁边，脸上挂着得体的微笑，衣着考究，风度怡人地接待人，或者在饭桌上敬酒添茶，和大家谈笑自如。

该夸人的时候她能适时送上几句熨帖的话；饭桌上她端着酒杯能把每个应该重视的人喝得高高兴兴；男人说起荤段子来，她不怒不恼，还能会心一笑插上几句……

她就像一道春风，吹哪哪舒畅。

没多久，接洽人换了，是一个很朴实的女孩，样貌平平，我叫她橙子。

橙子电话跟我沟通好具体的时间地点，顺便邮件我受访对象的一些基础资料和个人喜好。说实话，她接手后我感觉顺畅多了，我只用跟她打交道，完成每期的访谈，完全不会因为到底应该跟谁沟通具体事项而感到茫然了。

但是，橙子的工作特别累。她朋友圈的状态经常是加班到很晚，有时候街道办举办活动就更加忙碌了，现场看她像只小陀螺，几乎没歇过气。

我奇怪，L 小姐离职后，橙子接替她的工作，为什么同一个岗位，她的工作量就大了这么多?

L 小姐的同事笑着说：“这个女孩做不来饭桌上的工作，自然就只能忙这些事了。”

我了然，应酬是一门艺术，橙子不善此道。

二

L 小姐的本事也是我缺失的。在不熟悉人群的饭桌上，我总是坐立不安，连喝水都不知道该用什么姿态，更不用说在人群里应和一个个话题，成为那道热闹空气里的一分子。

每次这种时候我都像一个特写的大号傻逼，恨不得变成一道水汽蒸发了好。但是 L 小姐似乎天生为这种场合而生。她酒量奇好，喝到兴头上时脸颊挂着红晕，眼睛愈发明亮，觥筹交错间嘻笑怒骂，你来我往，挑起一个个让众人兴奋的话题，让男人离不开眼。

这样的对比，让我垂头丧气。

我的短板，在很早时就已经显现。大学毕业晚会时，那些平日里活跃的同学都端着酒杯给辅导员老师们敬酒，说着大人的话，和好友约定“苟富贵勿相忘”，我完全隔离在这种氛围之外，默默地看着眼前的热闹，因为不懂得融入，只好把自卑当作清高喝下去。

工作后，我愈加恐慌这种应酬了。

我去知乎百度上提问“女性如何在酒桌上做一个受欢迎的人”“在饭桌上怎么跟领导说话”；

我偷偷观察那些在饭桌上像只孔雀般耀眼的女性，看她们如何说话做事；

我书架上多了很多诸如《餐桌礼仪》《如何做一个会说话的女人》《喝酒的艺术》之类的书籍，花大量时间泡在网上积极关注时下热点话题，为了防止因为不知道而出现的懵逼脸，我吃了一堆没营养的快餐书籍。

我逼着自己加入畅聊的人群里，假装对别人毫无笑点的话题深感兴趣；不再一脸性冷淡地拒绝男性的搭讪，跟饭桌上的众人互相交换号码；即使红着脸也把那一杯杯“你不喝就是不给我面子”的浊酒灌下去，忍受第二天的头痛胃痛……

最后，最后我也没成为像L小姐这样在酒桌上浑身自带光环的人。

可是，我再也不愿意为难自己了。

都说，时间只负责流逝，成长靠自己。

我渐渐发现，真正的合作，并不会因为我在饭桌上让人身心愉悦就达成了的，更不会因为我不懂得酒桌上的风情而失去机会。

作为刚入职场时的新人，我们选择做自己的权利完全建立在能力之上。

当初我那么努力地想在人群中刷出存在感，其实只是因为自己内心底气不足，对追求所谓人脉的焦灼造成的。当人人嘴上都挂着人脉、资源、平台这些字眼时，我为自己的“不善交际”感到焦虑无比。在一个竞争激烈的社会似乎只有做到从善如流，如鱼得水，才能立于不败之地。

我羡慕别人在交际场上的长袖善舞如鱼得水，逼着自己却又完全学不来，而且在“不能做自己”的过程中无比痛苦。

而这一切，都是源于能力的不足。

当我们不具备足够的价值时，人脉并不能转化为真正的人脉，牛×的人哪有时间鸟你啊。

三

那些我曾经羡慕的“交际能力”，也慢慢褪去它原先鲜亮的色彩，露出一些事情的本质来。

去年有个朋友公司开业，庆典后大家去聚餐。当时一个玩户外探险的老总带了个女孩过来，妆容精致，一对大胸夺人眼球。饭桌上女孩言辞活跃奔放，端着酒杯跟每一个男性喝酒认哥哥，兴起时还换几个高难度的互动喝酒姿势。

大家都是玩户外的，性格外向，在酒精的作用下，又有女孩的暖场，氛围越来越热烈。男人们管不住嘴了，一个个开始跑荤段子，越说越露骨。这女孩毫不怯场，枪林弹雨奋力厮杀，一次次把气氛推向高潮。

朋友也是满脸兴奋，热于起哄。他平时虽不是粗野莽夫，但这个样子确实挺让我诧异。

朋友大笑：男人骨子里都是一样的，尤其是酒桌上。

我回：这个女孩倒是本事，瞧把你们哄得团团转。

朋友：她不过是这饭桌上的一道菜，你还真以为别人把当她回事儿呢？

四

善于交际本来是一种难得的天赋，但是把自己沦为取悦他人的工具，并不会得到真正的尊重。花再多的时间跟人搞关系，跟领导套近乎，其实，都比不过我们在职场上有很好的能力，能够帮团队创造更好的利益。

倘若只是一个擅长交际，而没有任何做事能力的人，那这个天赋就被白白糟蹋了。

如果单靠手机微信名单上那些牛 × 的通讯名单，就以为自己逼格提高了，那还真是一厢情愿。

是，你认识很多金光闪闪的大人物，可是人家未必认识你呀。

善于言辞或许会赢得别人一时的关注，但是真正的尊重源于我们自身的实力。

不然，谁知道别人是不是拿看一盘菜的眼神在关注你呢？

五

我还是会在不熟悉人群的饭桌上很安静，但是少了那股不安。那些不想参加的饭局，不想说的话，不想喝的酒，我都可以很从容地说“不”了。

听说橙子升职了，她依旧不善于应酬，在饭桌上也从来不懂得给人敬酒。但是街道办的很多事越来越离不开她了。最近一次跟她喝茶，那个稚嫩的女孩身上隐隐浮现出一股成熟职业女性的自信和魅力来，让她原本普通的五官放出光彩。

L 小姐的朋友圈经常是各种高大上的餐厅、酒吧照片，她端着红酒杯的指甲修饰得很漂亮。

但是，男人也只会约她去喝酒。

女人可以没有男人，但是不能没有闺蜜

一

周末整理方案，费了很久的时间，眼看就要完工时，电脑突然死机了。

死！机！了！

关键是我忘记后面部分有没有保存，虽然我已经努力养成写完一个 P 就保存一下的好习惯。

那一瞬，眼前就跟电脑屏一样，只剩下黑色。

我发了一个满眼含泪的照片到朋友圈。

然后立马收获了一堆赞（我不跟你们计较）和建议（叫你不保存吧）。

以及闺蜜的吐槽。

说实话，我当然明白怎么采取最有效的措施去恢复丢失的数据。那些大神建议我不需要，那些教导我养成良好工作习惯的善意我也不想领会。

我没有惊慌失措，我也没有悲苦无依。

我只需要在此刻，告诉你我很不高兴。

然后你回应我：操！

这种默契，只在我的闺蜜间才有。

有时候遇到问题，只有闺蜜才懂得，你什么时候需要实际的帮助，什么时候需要听道理和建议，什么时候只用跟着你一起，骂一下不完美的生活。

二

有一次我坐地铁过站了，打车又遇到不识路的司机，最后被丢在自己也不太熟悉的地方茫然四顾。

我首先想到打电话给男人，毕竟这种低智商发作的时候只好意思麻烦他。

接通后他首先严肃批评了我：

平时就跟你说了坐车不要看手机睡觉！

少用打车软件，都是些什么人啊出了事谁也帮不了你！

你还老喜欢穿着短裤（短裤：这跟她现在的遭遇有毛线关系？！）四处跑！

现在在哪里，周围有什么标志性建筑？等着我来……

我原本有点倒霉的心情，一下长出几朵硕大的蘑菇。

在女人遇到麻烦时，首先想到证明自己原来的教诲有多么正确的男人，都应该人手备一只充气娃娃，你这么未雨绸缪，迟早用得上啊。

哦漏，我并不想吐槽男人，毕竟他们的脑沟回长得跟我们不一样。

这个时候我果断拨通了闺蜜的电话，一边咬牙切齿地和她痛骂男人的低情商，一边慢慢走回灯火明亮的大马路，等回到家时，我已经快乐地哼起了：采蘑菇滴小姑娘……

闺蜜这种生物，就是你的心情转换器，任你电闪雷鸣，女人之间说着说着就能飞到天与太阳肩并肩。

四

大丫每次跟她男人闹不愉快，基本都是在逛街的时候。

大部分男人都不喜欢跟女人去逛街。他们能拎着包默默跟在后面，一脸生无可恋的样子等待女人一次次从更衣室出来，在适当的时机去刷卡，已经是一等一的好男人了。

可是对女人来说远远不够啊！

在看到自己喜爱的品牌打折时，那种瞬间直达高潮的喜悦怎么可以没人分享？在男人分辨不出“V”字领和“一”字领区别时，买到合体衣服的美丽让谁来认可？在犹豫哪一款色系的口红适合自己时，谁给你当机立断的大实话建议？

Only you，女闺蜜。

如果说在床上需要男人给你快感，那逛街的快感只有闺蜜能给你。

四

我每个月，至少有一次跟闺蜜出去喝茶的时间。

在睡完懒觉，收拾整齐自己和家里，吃过午饭后，不慌不忙地出门，去见我的女闺蜜。

那个时候，我们脱掉妻女妈妈的身份，换上喜爱舒适的衣服，抹上口红，去赴一场只用做自己的约。

然后用一整个下午，把积攒了一个月的快乐、苦恼、成长、八卦……倾倒出来。

最好我们都还带上画本跟彼此喜欢的书籍，互相画几个小人再盖上红唇印，当作书签，就可以把这好心情持续到下一次见面时。

我记得小时候，奶奶的发小过来看她，这两个膝下一堆儿孙的老女人，聊到开心时，会互相拍着肩膀手臂哈哈大笑，一点儿也不觉得难为情，活像两个小女生。我在她们脸上，看到了过去年轻快活的影子。

那种无话不谈的交流，带给女人的是无可比拟的快乐与轻松。当我们把心里积压的东西倾诉出来，有人懂得并且共鸣时，会发生神奇的化学反应：有一股通体舒畅名叫青春的东西重新回归到体内。

So，闺蜜才是永葆青春的法宝呢！

五

闺蜜是我们的一面镜子，她们从来不会放大彼此的缺陷，也不肯美图对方的面容。一张口总是能用大实话把你拍扁，有什么说什么，从不掩饰。

虽然我曾经为这种实话实说感到不悦：你这篇文写得好敷衍；你这个口红颜色不适合你；你的齐刘海跟你八字不合，气质全没了；千万别穿宽松文艺衫，谁叫你胸大……

可是到头来，我知道她们说的都是实话。

有一段时间，我跟一个书友掐架，每天琢磨着怎么长篇大论地驳倒对方。但凡有掐架的地方就有围观，很多人站在我身后拍手称快，我以为自己担着正义喉舌的重任，每天走路都是浑身杀气，一副我是真理我都对的表情。

后来被大丫兜头凉水浇下，才醒悟过来自己的样子有多傻 ×。

实话就像健康餐里面的原味面包，实在难以下咽，但是你知道那都是对你好的啊！

闺蜜，在我心里一直都是个很美好的名词，那些叫嚷着“防火防盗防闺蜜”的，实在是误解了闺蜜真正的含义。

有一天你发现，躺在身边的男人并不能理解你，眼泪没法在嬉闹

的孩子面前畅流，女孩时代的家永远回不去，生活的苦闷一点点啃噬着自己时，能够陪你畅聊，陪你沉默，陪你欢笑，陪你流泪的，是你的闺蜜。

啊，与其讨好身边这个越老越没用的男人，还是好好珍惜那个就像你的身体一样懂你的女闺蜜吧！

ps：求宽宏大量的男人放过，把这句话当作屁一样放了吧。

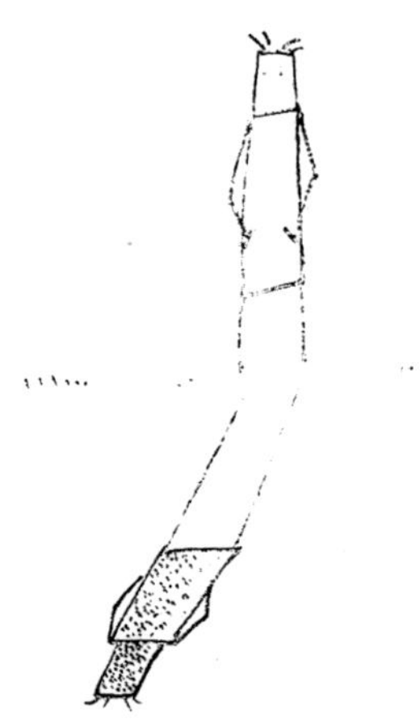

青春梦已老
寂寞它无处
可逃

什么时候都别忘了，你是个女人

记得很早以前看过一个故事：

一个穷苦的农场妇女因为临近还债日期，终日忧心忡忡，焦虑苦恼。

终于到了那一天，无助的她坐在院子里默默流泪。

路过的一位贵妇看到了，走过来递给她一条手帕，安慰她：亲爱的，一切都会好起来的！

农妇掩面而泣，她心里默想，坐在香车里边的人哪里能体会我的苦恼啊！

贵妇笑笑离开。等她走后，农妇慢慢止住哭泣，她茫然地看着破败的小院子，准备拿手帕擦掉脸上的泪痕。

当那条散发着香气的、洁白的手帕映入农妇眼帘时，她脑海深处那段少女时光被唤醒了，她惊讶地发现，自己的手上布满污渍，指甲残缺而粗糙。

农妇一下子感到难以容忍。

她洗干净了自己的手，又发现自己的头发和脸不够干净，于是洗头洗澡，又换上了干净的衣裙，扎上自己喜爱的发带。

当焕然一新的她站在布满灰尘的脏乱房间时，她感觉这一切太不跟自己匹配了。于是开始收拾房间，擦干净窗户，摆上新采摘的鲜花，把院子里的垃圾清扫出去……

那条手帕好像一根魔法棒，唤醒了农妇被贫困生活麻痹了的女人心，她烤好面包，倒上自己酿制的果酒，等候收债人的到来。

债主过来，在干净整洁的小院子里吃着新出炉的点心，喝着果酒，看到农妇脸上焕发的自信和从容，他放宽了收债日期。

“真是奇怪呢！我怎么感觉这户最穷苦的人家快要翻身了呢！”

临走时他自言自语。

我很喜欢这个小故事。当一个女人，意识到自己身为女人时，她会散发出无穷的能量和魅力，这种力量与生俱来，不论生活困苦与否，岁月流逝如何，社会角色定位怎样。

它们，都不是这种本性被湮灭的理由。

可是，我们很多时候都会忘记自己是个女人的事实。

说起这个，我想起早上遇到的一件小事。

刚下过雨，我走在潮湿的路面上，因为害怕滑倒而特别专注于脚底下，忽然头顶被什么东西刮到了，我被吓到不自觉的一声惊呼。

一回头，看到一张充满憎恶情绪的脸。

一个打着伞的中年妇女瞪着眼看我：“叫什么叫，吓死人了！”

我想解释，是她的伞刮到我了，但是看她满脸准备倾倒生活恶意的欲望，我默默让开了。

我不知道生活怎么就把一个个鲜活灵动的少女，雕刻成了这样充满怒气怨恨的乖戾妇女的。

这个世界虽然没有很好，但是也没有特别不好啊，那颗女人的温柔包容之心被谁杀死了？

出去旅游的时候，经常会看到一些女人，为了酒店服务不好大喊大叫；因为上菜速度慢指责服务员；明明需要排队的时候却满不在乎地扒拉开你，理直气壮地插队；在咖啡馆大声说笑打电话……

有一次去医院看病，一位胖乎乎的女人冲到门诊室，拍着医生的桌子说：你工作效率怎么那么低，不知道外面等了那么多人吗？！

有人试图阻止她，她双眼一瞪，手指着人家鼻尖骂：干你啥事呢！老娘就是脾气不好了……

大街上，跟伴侣吵架了，呼天抢地，哭泣怒骂，在地上打滚，衣不蔽体，狼狈不堪。

我真为她们感到难过。

好像一旦为人妻为人母，年纪长了，吃的盐、过的桥多了，女人就可以丢弃羞耻心，可以言辞粗鄙肆无忌惮地骂人，可以理直气壮地无视公共规则，可以放纵自己邋遢和肥胖，可以纵容自己高涨的负面情绪……

难道岁月，让一个女孩变成女人，是用丑陋作为标准的么？

中国大妈是个被鄙视的词语，我想是因为作为女人本性的泯然吧！

女人的一生真的很短暂，少女时代眨眼即逝，取而代之的是妈妈、妻子、婆婆、奶奶之类的身份。

她们要与生活的苦闷和琐碎做斗争，与日渐松弛的皮肤身材做斗争，与越来越严苛的生存要求做斗争。

于是给自己的温柔装上盔甲，脱掉裙装，剪掉碍事的长发，蹬掉高跟鞋，一手抱孩子，一手护家庭，扛着工作，像个女战士一样一路向前狂奔。

是生活逼不得已的选择呀！

但是，生活艰难，人性复杂，难道不是让我们变得更好更坚强的理由吗？

因为琐碎，所以我们可以放纵自己的居所肮脏混乱？

因为艰难，所以我们应该对这个世界恶语相向？

因为年长，所以我们可以失去廉耻之心和爱美本能？

因为贫困，所以我们要对全人类充满仇视？

这种心理只装着自己那点事，装着眼前小利、吃喝拉撒和柴米油盐的女人，只是一个活着的动物，根本不能称之为女人。

所谓的体面，优雅，虽然需要物质基础作为支持，但是它的本质却源于我们的内心，是我们作为女人的一种本能。

它是一种美，是女人一生的责任，是我们对待生活的态度。

无论人生遭遇过什么，无论我们即将面对什么，我们都不应该忘记自己作为女人这种与生俱来的能量，这是我们对抗生活中所有不美好的事物，最好的方式。

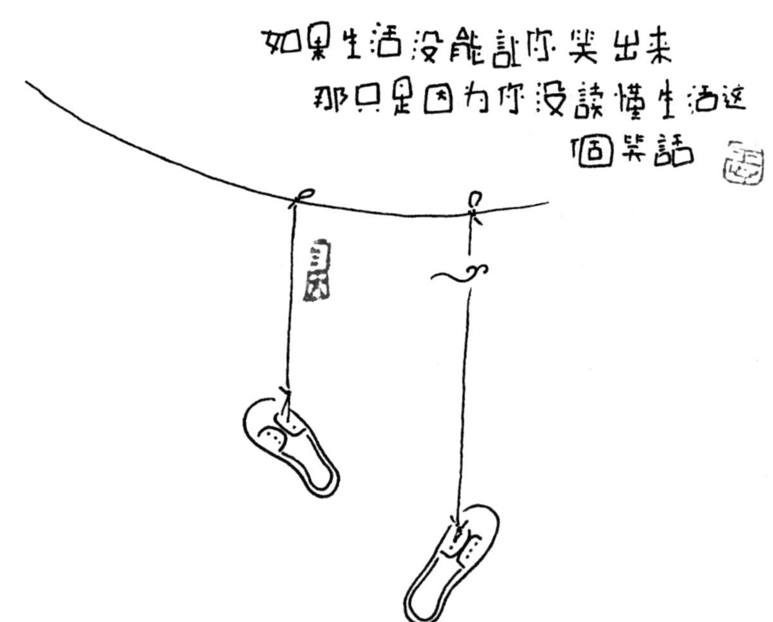

那些美丽而无用的东西

一

收拾行李时，我遇到了一个难题。

除了衣服书籍和日用品，还有一些不知道该如何处置的物品：精致有趣的台灯，平日抱着睡觉的娃娃，挂墙上的木雕象头……

它们都曾跟我有过一见钟情的罗曼史，都曾令我怦然心动不能自控，都曾给过我美丽的心情和惊喜。

也都，价格不菲。

现在，要带走它们吗？

二

女人在购物时多数缺乏脑子，虽然我在闺蜜们眼中已经理性得令人发指，可我还是会偶尔买些漂亮但没用的东西。每搬一次家，整理一次行李，我都要丢掉很多的东西。

首先被我舍弃的，就是这些华而不实的玩意。和我的精简相比，我见过更多惨不忍睹的大淘汰。

出去旅行买的一堆纪念品，装饰物，民族风服装，披肩；

打折特价时买下的不合体的衣服、鞋子、帽子或者各种挂饰小件；

各种初衷为了装饰房间结果让它一团糟的摆件，家具，收纳盒之类；

更不用说女人那些永远没机会出柜的奇装异服和饰带挂件了……

其实，我们生活真正需要的东西，就那么点。

我每年都会抽点时间出趟远门。

除了换洗衣服和水杯，其他基本都不会带，一个大旅行包就可以搞定全部。那个时候，我跟城市完全脱离干系，我获得的就是大自然拥有和赐予我的。

不用里三层外三层的抹护肤品；不用考虑穿了这个外套还要配个打底衫，再选双合适的鞋；不用早上就开始苦恼，晚餐去哪个餐厅比较好。

那个时候，衣服就是衣服，食物就是食物，鞋子就是鞋子。

我真真实实感受到，自己在活着。

原来活着，需要的东西这么少。

三

我认识一个德国人，他教给我最棒的东西就是，不要追求无用的东西，关注你真正需要的。这样可以节省我们百分之八十的时间、心力和财力。

很多时候，我们并不清楚自己要什么，四眼张望，看周边的人都有什么，就费劲心力想去获得它。但是我们并不快乐，甚至不知道为什么要去拥有它。

大丫是个爱美之人，她很多的时间和财力都花费在这上面。作为一个不思进取的女人，我被她批判了很多次。刚开始我也尝试过去改变，但是那些东西都被束之高阁，我更爱运动衣，运动鞋，我喜欢把钱花在每年的几次旅行上，或者去学个自己喜欢的东西。

不清楚自己的 g 点在哪，永远获得不了高潮。

四

感情亦然。《乱世佳人》里面的斯嘉丽，她对艾希礼的感情就像一直在追求一件华美的衣服，等穿上身之后，却发现并不合适，甚至是无用的。很多时候，我们执着的，不愿意放下的一些情感，都是美丽无用的东西，它们阻碍了真正的白瑞德的出现。

一些漂亮但不合适的衣服要扔掉，一些美丽但是伤己的感情要放弃，一些不爱自己的美人，要忘掉。

把房间空出来，心空出来，体味这种空无一物的感觉，才能明白，我们真正需要的是什么。

那个，就是你的 g 点。

为什么身材越好的人越优秀

一

有一次，约了一位 50 多岁的大姐喝茶，她想出本自己的诗集。

在那之前我们从来没有见过面，但我心里已经不自觉地把她归类为广场舞大妈的模样。

所以，在看到她穿着得体旗袍，身姿绰约的模样时，惊得下巴都快掉下来。

原来，50 多岁的女人也可以这么美。

那天我们只花了 10 多分钟聊业务的事儿。她很内行地提出需要了解的信息和程序，一点废话也没有。我惊讶她对这行的了解，提的问题都在点上。

大姐笑了，说，我来之前就查阅了资料，把需要了解的几个关键问题都罗列出来了。你给我准确的回答，如果都满足我的需求就可以了，这样大家都省事。

中间服务员过来添了几次水，她都是面目含笑地对那个小姑娘表示感谢，用眼睛看着人家的那种，真诚而舒适。

回来的路上，我给大丫发了个信息（女王大人的姐姐）：一个十年如一日保持好自己身材的女人，她的生活状态和工作能力也比一般的人会更好。

那时大丫经常拿工作忙、需要陪孩子老公为借口，不肯好好执行我给她的健身计划。但实际上，我见过好几个妈妈，都是一边带孩子一边工作（有的还是自己创业），还抽时间坚持运动的。她们的生活并没有因为每天抽出半个小时来管理身材变得忙乱不堪，相反，更加规律和高效。

我深信，一个能保持好身材的女人都是特别狠的角色，因为这需要卓越的自我修养和约束力。

二

大学的时候有个男生，属于超级大胖子的那种，坐校巴得占两个座。他每次吃点东西，都会被人说成是犯罪。

可不是，大好的青春年华，只能与身上的脂肪作伴。

我以为他就这样了，毕竟这么重量级的胖子也不是一天两天吃出来的。大家对他的胖也都习以为常了，毕竟微胖界的孩纸需要衬托。

可是忽然有一天，男生宣布要减肥，因为他喜欢上别系一个女神级的师姐了，人家讨厌胖子。

然后他就真的戒掉了所有垃圾食品，天天只吃水煮菜和鸡胸肉。每天傍晚我在操场跑步时都能看到他，一边跑一边喘，简直不忍直视。

从夏天到冬天，又从冬天到夏天，男生在我们眼皮底下变了个大魔术，居然成了韩国欧巴型的大帅比！

以前因为肥胖挤在一起的五官舒展开来，明眸皓齿，一笑一酒窝，简直美哭我了。

但是，那时候师姐已经毕业了。走的那天，我问他，要不要去吃烧烤，反正人家是不会跟你好了！

这个从前一说美食的就两眼放光的吃货，居然鄙夷地看着我说：不要，你怎么可以跟垃圾食品为伍！

留下我一个人在风中凌乱……

原来好看会变成一种习惯，即使没了当初努力的动力，也舍不得再把自己变回原来那个邋遢放纵的样子了。

三

我以前是个胖子，告诉你们也没关系，因为反正没人信。

高考那年，我天天窝在课桌里十几个小时，除了洗澡上厕所，其他时间都是静止状态。这种养猪模式下，我胖成了一个球。

脸是圆圆的，身子是圆圆的，胳膊腿也是圆圆的。而且，顶着一对超级大胸，关键，我还矮。

你们脑补一下那个画面，那真是我一生当中最黑暗的时候。

我讨厌照镜子，不喜欢逛街试新衣服（尤其是跟大丫一起）；平时都穿宽松的男款大 T 恤，以男孩子性格自居来掩饰骨子里的自卑；每天晚上做梦都会幻想自己变瘦的样子；看到谁谁谁变瘦的例子都会特别激动，觉得自己也有救了。然并卵，那都是一些减肥药广告。

我觉得自己不能这么继续下去了，然后着手开始减肥。这个过程漫长而艰辛，写下来可以出本书了（需要借鉴经验的孩纸，可以留言私聊），但是我终于瘦下来了。

瘦下来以后，我开始学跳钢管舞，学健身，学乐器，学英语……

从那时起，我再也没胖过了。

这真的是一个很奇特的循环，当我又胖又丑的时候，我学什么都提不起劲，觉得美好的东西都跟自己绝缘；可是当我身材越来越好时，我会追求更好更美更优秀，我觉得自己配得上所有美好的事物。

四

可能很多人会反驳我的观点，因为生活中很多人的身材都不怎么样，随着年龄的增长，发福走形的比比皆是，尤其是女人，生育完后，很多人就再也没有回到过当初的状态。

所以，身材不好的人就不优秀了吗？那你是要与大众为敌咯！

别激动，我想质疑我的人一定对自己的身材也不是很满意吧，我的年龄和阅历都不是适合讲大道理的角色，但我相信，大部分的人都会觉得：太胖或者太瘦的人都不怎么好看吧？

都说，身材能反映出一个人的修养，“如果你缺失了这种修养，那你变形的身材和你早衰的颜值，会让你的心在一直都看脸的残酷现实中无力，没有优秀又富含正能量的内在可拼！”

即使不为了好看，我相信年纪越大，也会越注重健康了吧？保持好的身材，从某种意义上来说也是在保持健康。

肥胖或过于瘦弱都会带来各种疾病，加快衰老的进程。保持好的身材，是我们在有限的生命中保持生活质量的一种手段，而且绝对比吃保健品靠谱。

保持健美的身材需要毅力，那些能做到的人在自我克制和自律方面都会比较突出，而光这两点就会让我们跟普通大众拉开距离，不是因为这个太难，而是大多数的人太懒。

我相信你身形健美，不仅仅是为了取悦别人，满足这种虚荣感（虽然你已经获得了），更是对自己，对健康，对家人的一种负责。

So，我已经走好了赢得人生的第一步，你呢？

你只是不喜欢现在的自己

中午休息的时候，办公室来了个小姑娘，戴眼镜皮肤白净。

她一进门就问："于萌萌老师在吗？"

于萌萌是大家的于萌萌，他正在康复室给人做治疗。

我好心提醒她，于老师在里边忙着，你要不坐这里等一会吧。

小姑娘应声坐下，掏出手机切换频道，进入自己的世界了。

过一会她忽然抬头问我：能借你手机用一下吗？

我递给她。

小姑娘拿着手机出去打了个电话，一会工夫就回来了，我接过手机没说话。

她自己笑着跟我解释：

"我是给我男朋友打电话，听朋友说他脚受伤，我们互相拉黑了我也打不进去，所以借你的。"

我笑笑点头，然后继续看书。

小姑娘停了一下，又说："我们说好了为了彼此的发展，从此不再联系了。"

我想她还有更多故事想说，可是我没想知道的欲望。

于萌萌老师忙完后出来，小姑娘立马正襟危坐，很认真地对于老师说：“于老师我太崇拜你了，我想跟您学习运动康复学这块的东西。”

于老师大概是见多了，很淡定地面对小姑娘的崇拜。

他问，你想学来做什么呢？有过这方面的学习吗以前？

“我以前是学 ×× 专业，跟这个完全不相干，但是我特别喜欢这个，我看了您知乎上所有的文章和网络上的相关视频讲课。”

“我真的太喜欢了，所以想全身心投入到这个行业。于老师您觉得我去美国哪个学校好？”

“听说国外这块的东西比国内好很多，而且很多理念都在更新，我很多同学都出国留学了，如果不是当时家里出了点状况，我现在早就在国外念书了。”

“我会在国外好好沉淀几年，到时就算国内市场有变化我也能应付。”

“而且吧，我觉得国外健身房的那种氛围特别好，我看了 ×× 俱乐部的训练日常视频，真的太好了，我们国内没几个健身俱乐部做得好的。”

“其实吧，我真的很喜欢运动。我喜欢动起来的感觉，运动给我带来享受。”

“人体构造么？我现在还不太了解。康复学还得学解剖啊？去复健中心实习？那太无聊了，我听说加拿大有个 ×× 大学在脊柱复位这个领域就非常有研究，我想出国学习！”

“多大了？我 23 岁，还年轻呢，就应该去做自己喜欢的事儿呀！”

“哎，于老师，其实我觉得我真正喜欢的还是运动本身，康复这块吧也得了解一下，但是没必要学得很精。”

“你觉得我去国外哪个大学好？”

我看到于老师脸上写着大大的“尴尬”二字。

我挺能理解这个小姑娘的，因为她现在的模样就像我当年，喜欢所有自己不曾拥有的生活，艳羡所有不曾有过的经验，却独独不喜欢自己已经有的东西，不管是那张稚气年轻的面孔，还是花了几年时间学得的专业知识。

我们喜欢所有自己没有的东西，因为一无所有，所以坚信一切皆有可能。

那个小姑娘，她并不明白自己到底喜欢什么。

她想出国，因为同学都出国了，可是出国为了什么她不知道；

她说喜欢运动康复学，却不懂要花多少时间在枯燥的基础知识和实践上；

她说喜欢运动，崇尚国外健身理念和氛围，却并不懂运动的真正意义于她而言是什么。

那个明明牵挂却互相拉黑了的男友，也是她觉得必须为自己“真正的喜欢”付出的代价吧。

假如一个人简历上写着，能做销售，喜欢策划，也可以去扫地，有哪个企业敢用呢？因为一个不能明确自己喜欢什么、擅长什么的人，意味着思维混乱、不稳定性和专项能力的缺乏。

也许你会说，年轻人何必过早给自己下定义，我们有无限的潜力啊！是的，我们有太多的机会，也太轻易选择了重新开始，结果让每一次开始都失去了意义，也让每一次过往的经历变成狗屎。

我们可以对一个完全不熟悉的东西说很喜欢，甚至不愿意花点时间去了解一下，就为此否定抛弃过去的一切，用极大的代价去追寻这种虚无的“喜欢”，还冠上“勇于追求梦想的美名”，真的够混蛋啊。

无畏地追求梦想，只是因为大多数时候让其他人来买单了吧？

如果一个人能真正为自己喜欢的东西付出实际行动，并承受一定的牺牲，他一定会懂得喜欢的真正含义。

喜欢跳舞并且付诸行动的人，会明白每一次在舞蹈室练基本功的痛楚和艰辛；

喜欢外语的孩子，会知道无数次推掉约会独自复习需要多大的毅力和勇气；

喜欢乐器的人知道，流畅的演奏背后是多少枯燥单调的练习沉淀而出；

真正的喜欢，是你知道所有美好背后的不美好，还愿意为之付出努力、时间、精力、金钱，并且自己也能真正感受、享受这种美好。

有人羡慕我做着自己喜欢的事，去喜欢的地方，那是因为我每一次都会为自己的喜欢去买单，做出一定程度的牺牲，而恰恰是这种牺牲，才能让我真正享受我的喜欢呀。

真的很抱歉，时间、经历都不负责你的成长。

换一个爱人不会让你变得优秀，换一份工作并不会让你快乐，换一个地方也并不会让你智慧。所以，即使我们换再多的东西，都不如换掉现在这个配置不太高的自己。

在没有明白这个道理之前，我们口里所说的所有喜欢，其实都是因为对自己当下的不喜欢。

所以，别说你喜欢。

行动。

有种人活着只用给自己交代

《三十而立》里，王小波说过这么一段话：

“我妈妈始终爱我。她对小转铃说，人生是一条寂寞的路，要有一本有趣的书来消磨旅途。我爸爸这本书无聊至极，叫她懊悔当初怎么挑了这么一本书看。她羡慕铃子有了一本好书，这种书只有拿性爱做钥匙才能打得开。”

庭把书上这段话用红色的笔重重标注出来，拿给我看。她说，要是每个人都戴了锁的话，那我就是个开锁匠，钥匙什么的太低级了。

她一脸狂妄，眼缝里透着丝丝亮光，朝人扫过来，会让你像被蛇舔了一口似的。

庭的过往，就像是一部男人款式大集合的史书。

她与这个世界产生的所有联系，似乎都建立在男人之上。

我不擅长挖掘人的过去，每次都是庭喝多了，半夜电话给我，那些带着酒气的故事透过话筒一点点传过来，就像她这个人，充满戏剧性，还带着点可恨。

有时候我指出她这次故事里的时间或人物跟上次冲突了，她就哈哈哈大笑，有时候眼泪都笑出来了，搂着我的肩滚成一团。

偶尔她晚上跑过来我小公寓过夜，在我旁边说着说着话就睡过去了，一条腿压在我肚皮上，整夜都没挪开过。

我跟庭的关系一直都是这样。她总是喜欢半夜跟我打电话，或者晚上忽然溜过来跟我睡觉。

我们没去喝过下午茶，没有一起吃过饭，没有去逛过街，也不曾一起看过电影。

我知道她来找我的时候，多半是交了新男友，或者刚跟男友分开，但那又有什么区别。

我笑话她：你的每一任男友们总是无缝对接呢！

庭纠正：那叫升级。

她的第一个男友是个台湾人，那时候她扎着小马尾站在烈日下，给每一个行色匆匆的路人发传单。

台湾人拉着她的手到咖啡馆，用纸巾擦掉她额头上乳白色的汗液，她就像脸上的防晒霜一样溃不成军，倒入了男人的怀抱。

曾经有人问，“如果一个年轻漂亮的女孩每天做着最低廉的工作，生活艰辛。忽然有个男人出现，要用优质的生活跟金钱交换她的青春，你觉得这个女孩会愿意吗？”

我想了一下，说还是有可能的。

那些不可能，只是因为自己还不曾到绝境，或者交换的筹码不够打动自己。

庭的第一份恋爱，更多的像是一种物质交换吧！

男人出差了，打电话给她：乖不乖？

庭笑：很乖，想你。

男人猥琐地大笑：哪里想？是下面想了吧！

庭脸上的温柔一扫而光。

很多女孩在踏进温床的那一瞬，其实就已经走上了绝路。当渴求的一切以一种轻而易举的方式获得时，内心反而更不踏实。因为那些东西不是来自于社会，不是来自于个人的努力，而是从某个人身上得来，这个人牢牢地卡着姑娘们的生命线。

虚荣的交际圈表象、正常社会联系通道的堵塞、生存能力的弱化，还有独自一人时隐约的内心不安，都会把人逼入绝境。

但是庭没有。

她像个忍者一样，潜伏在温顺平静的外壳下，积攒着一切可能的力量和生存技能。

她去学了外语，到外贸公司当跟单员，当初把英语讲得磕磕巴巴的小姑娘，居然能自如地使用那些专业术语。

说分手的时候，台湾男人已经跟另外一个小姑娘勾搭上了，已经变得坚硬的庭对他来说没了新鲜感，他们几乎没有废多少话就一致达成分手的意见。

我以为庭应该从此走上比较正常的恋爱道路。一个经济独立的女人，伴随而来的是人格的独立和生活的自由，可以选择自己喜欢的男人。

这是我的思路。

可实际上，身体一旦被当作过交换的砝码，灵魂好像也卖给了撒旦，失去了爱的能力。庭没有爱上谁过谁，也不在意谁是不是真的爱她。

对她来说，高潮来自于对自己身体的认识和熟悉。这种感觉并不是特定的人才可以给她的。

当初青涩的身体已经被开发，她懂得在性爱中取悦自己，感情对她而言更像是冰淇淋上的果仁，点缀就好。

她换男友的频率看那段时间她来我这儿的次数就可以推断出来，她的衣着打扮也随着交往对象的变化而变化。

“男人这种动物，需要好的驾驭术。你得了解他，知道他的弱点。

如果顺着毛能让他舒服，何必要去逆毛惹恼他呢？”

庭享受这种掌控的感觉，很多女人对她咬牙切齿，或是不屑于她取悦男人，可我明白，在她透亮的心里就像在逗一只大猫，挠着每个男人脖颈最弱的地方。

庭从一个一线跟单员到高层管理，只用了别人一半不到的时间，后来她跟我说，准备自己成立公司单干了。

她的每一次升级，底下都垫着与一个男人的交往。

我说不上喜欢庭，但是却对她的思维很钦佩。她永远都很清晰地明白自己在每一个阶段需要什么，从来不会点了牛排却又希望得到老罐煨汤的味道。

很多人，看重金钱，又希望得到真情；喜欢才华又渴慕美颜；钦佩英雄，又羡慕顾家暖男……这样的人当然有，但是哪里这么好的运气都给你遇着了。

庭不一样，她一点都不掩饰自己的功利性，还把每一次交换做得尊贵体面，毫不拖泥带水。明白自己要什么的女人，几乎没有弱点。

我欣赏这个女人的大胆。与其说并不赞同她的生活方式，更像是一种自我欺骗，因为我像大多数人一样做不到如此。

有些人天生为爱而生，在人生排序中感情至上，这是本性，并不会因此就显得特别高尚；有些人把自我生活感受放在第一位，其他都让步服务于此，这也是本性，并不因此就显得格外卑劣。

只是，很多人不愿意承认自己在主旋律之外。

没多久，庭去了美国，她说要去念书。

那时候我也在深大读研，互相祝好，从此没有很多的联系。

几年过去了，我只是在她的朋友圈偶尔读到她的生活，一如既往的肆无忌惮，一如既往的不入主流。

昨天她发了一张照片给我，一身健美的肌肉，站在海边笑靥如花，她说学会冲浪了。我心里默默地骂了句：操！这是我多年来想干的事儿啊。

虽然我还没学会游泳。

明天，她发个信息说到月球了我可能也不会惊讶。

每个人的出生不同，追求不同，生活方式跟选择也不同。我们的生活还在前进，我没办法说哪一种更好。

就像这篇文，我写了很多最后都删掉了；我想了很多，最后都否定了。因为我没办法判定，什么是对什么是错。

但是我明白，在某一点上我们是一致的，活着只需要给自己一个交代，无关他人。

祝福你，庭：生日快乐

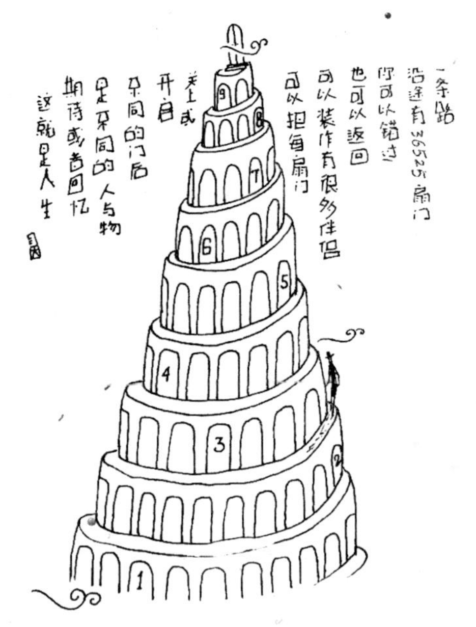

我怕变老，我更怕装年轻

13 岁的时候，我很认真地跟语文老师说："过 30 我就不活了，太特么老了！"

一贯面瘫的语文老师沉默了，嘴角抽搐，她那一年快 40 了吧。

现在毕业几年了，我忽然惶惑，30 将近，要不再给自己 10 年？

不知道从什么时候，我开始仔细观察自己：

是不是长鱼尾纹了？！

怎么办眼袋好像深了！

这张照片怎么颈纹这么明显？！

我开始追着人问：

我看上去像大妈了吗？！

我身材走样了吗？！

我皮肤是不是有点松弛了？！

女人大概是世界上最怕变老的生物，如果你想得罪她们，最容易办到的就是："这位大妈，你看起来好年轻哦！"

我敢保证你会收获刀子一样的眼神。

女人穷其一生，都在与衰老做抗争。看看大街小巷各个网页上：冻龄美容整形术广告铺天盖地，玻尿酸、水光针、光子嫩肤、超声刀五花八门。为了保持自己容颜不老，平时划破手指头都会疼得掉眼泪的女人，可以忍受千刀万剐的痛苦。

相比之下，男人更容易接受自己从容老去的事实。

为什么女人更怕老？

因为大家的审美标准里面，只有：年轻。

中国男人喜欢什么样类型的女人，看看现在当红的女星就知道。她们多半身材纤弱，眼神清纯无辜，神情稚嫩可爱……总结出来就是“很嫩”！年轻朝气的女性当然更讨男人喜欢，所以女人们拼了命想维护自己的这种少女感。

而这种稚嫩朝气以外的各种美，基本就不被发现或者欣赏。我很少看到国内有好莱坞大片中那种成熟、冷静、从容的熟女类型的女星。她们都干吗去了？演刁钻刻薄的婆婆或者家长里短的妈妈甚至是奶奶去了。

有一段时间，我剪了齐刘海，被男性朋友夸赞“整个人感觉年轻了好几岁！”、“好可爱呀！”。但说实话，齐刘海并不适合我现在的气质，没多久我就放弃了。在很多（男）人眼里，年轻才是美，可爱才是美。所以一把年纪顶个并不适合自己齐刘海的女人比比皆是。

我们欣赏的女人美，只有清水一般的年轻，或者年过不惑了还能保持的年轻。

说白了，大家只会欣赏年轻。

好像女人一过30，要么与衰老抗争，要么就得甘于当大妈。

但是从女孩到大妈之间，有一段叫做女人的时间，恰恰被人忽略了。那是女人最宝贵、也是最美好的时候。她们也许比不过少女的胶原蛋白满满的皮肤，但是时间和阅历赋予了她们从容、自信和优雅。这个时候的女人，有自己的主见，不被外界随意影响，有足够的能力和强大的内心支配自己的生活。

她们是真正的新时代女性，事业和自我价值的实现才是生活的重心，不着急结婚生子，懂得享受亲情友情爱情，不会赶着时间做违背自己心愿的事，更不会急着给人生“交卷”。她们对待生活和感情的态度不卑不亢，永远都做自己命运的主人。

幼稚怯懦的男人无法欣赏这种美，甚至会害怕这种美。

只有成熟，才可以理解和欣赏另一种成熟。

但是很多女人，为了迎合男人的审美，在拼命留住青春的过程中失去了这种成熟女性该有的美。

有时看到三四十岁的女人，穿着蓬蓬裙、言语间故作娇嗔、噘着嘴瞪着眼发自拍，打着满脸的玻尿酸，去跟十几二十岁的少女争风头，要是某天被人夸赞像少女就喜不自禁，其实挺可怜的。

扮演不属于自己年龄段的美，其实是一件很辛苦的事。

女人喊着要独立，要维权，要提高社会地位，但思想却一直停留在几十年甚至几百年前，依旧摆脱不了以色相取悦人的思维。这不得不说是一种悲哀。

我从来不信，中国男人全部都 low 逼到只会欣赏一种美，更多的是因为我们呈现的美太单一了。

假如我说，所有女人都可以不穿内衣，解放自己，不被世俗束缚。有几个人可以做到？不是落后的道德观在束缚女人，是她们不舍得脱下那份虚荣。

除了拼命挤乳沟，整个锥子脸，或者画个辨不清原来面目的妆容，我们可否有为其他方面的美增值而努力？

当我们用男人的眼光来裁剪自己，将生活的梦想构筑在别人身上，把婚姻和家庭变成自己生活中的一切时，时间会成为最令女人惧怕的敌人。因为命运不再被自己掌控，这才是怕老的根源。

比衰老更可怕的，其实是装年轻，因为你除了那点即将凋谢的颓败美，一无是处。

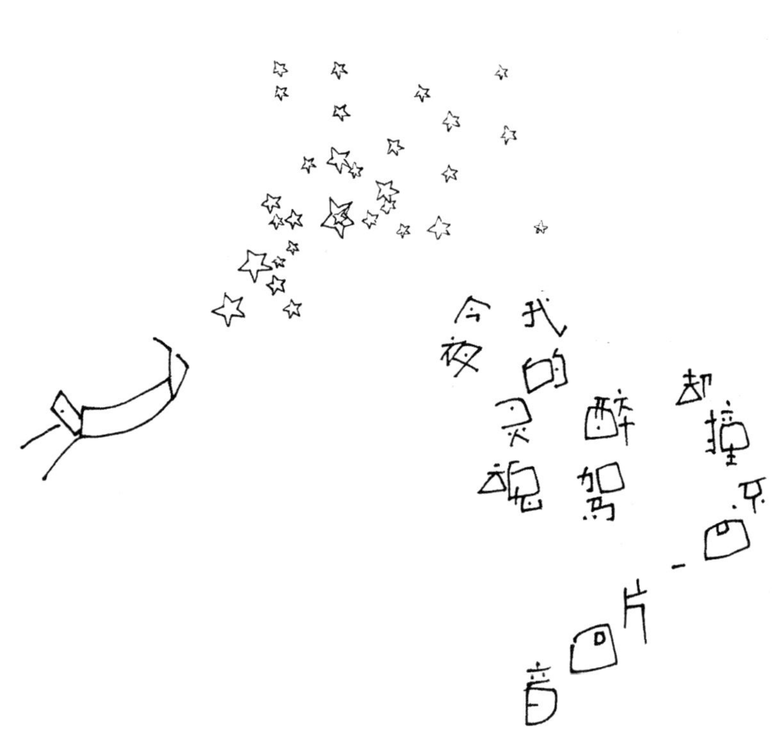

看到你，我就自卑

一

朋友发过来一篇十万加的励志鸡汤文给我，上面事无巨细地讲述了一个女子如何从屌丝土包子进化成女神的。

譬如面膜发膜手膜脚膜，还有妆容衣饰发型，甚至细致到内裤边角的花纹。

我回她两个字：真累！

真不忍心告诉她，那些关于优雅气质女神之类的文，也有很多是我这种汉子，一边抠着脚丫，一边啃鸭脖，写出来的。

咿，忍不住咽了一下口水，鸭脖子……

二

我以前是个屌丝，一个很自卑的屌丝。

这种自卑，源自打扮精致的女人，曾经狠狠地照见了我的狼狈。追了我一年多的男生晋级为男友一个月后，我才发现他跟别人同居有一年多了。

那天不巧撞见了他的同居女室友，比我大十来岁，肤白貌美，沉静优雅，妆容得体，高跟鞋大长裙，气场两米八！简直从脚后跟到鼻孔都透着精致。

我呆呆地看着对方，忘记了愤怒，只觉得每个细胞都在散发出自卑和羞耻。

那时候，穿着运动鞋背心短裤的我，除了年轻，一无是处。

从此以后，我幼小的心灵留下了严重的阴影，一看到这种打扮精致，散着香水味儿的高跟鞋女人就发怵。那种名叫自卑的因子随着她们的出现，时时困扰着我。

而我的长姐大丫，作为精致女人的典范，也以身作则地提醒我，你特么就是粗粮窝窝头！哎，生活的恶意实在难以承受啊！

三

都说，要打败敌人，就从模仿开始。

于是我开始学着化妆打扮，抛弃了牛仔裤小背心，把一双 10 厘米的高跟鞋穿得可以跳热舞；几百年不变的双肩包好处那么多，我也将它们换成了各式单肩包或女人味十足的小手包。

赞誉收获了一堆，可我感觉在扮演一个不属于自己的角色。只有我知道，这个裹着包臀裙，抹着口红的女人是个冒牌货，她心里长着小 JJ 呢！

四

不舒服的姿势，都很难维持久。

我渐渐开始反思，自己到底是为了什么？那些好看第一的装束，远远及不上舒服第一的打扮。世界上有那么多香喷喷的高跟鞋女人，我好好看好好欣赏就行了，何苦折腾自己成为她们中的一分子呢？

区别于这种美感的女人，让这个世界多元化，才是老娘存在的意义呀！

五

做一个精致的女人，真是太难太难太难太难了。我对她们表示万分的敬意。

像我这种看起来扛晒耐吹的肤质，其实脆弱无比，动不动就过敏一个给你看，化妆之后一不小心就起了红疹子，或者粉底浮出小颗粒来，只有裸着一张脸才觉得可以正常呼吸啊！

而且吧，好好的一双脚，能跑能跳能踢人，高跟鞋一穿就只能撅着屁股走台步了，好看固然好看，但是真心受罪！

再说了，小背心小裤衩可以丢洗衣机，几千块钱的裙子你只能手洗，还得熨它们，整个人都成了物体的奴隶，哪有什么身为物主的尊严呀！

这么一想，我就决定彻底释放自己本性，将所有不适合自己的装备束之高阁。这大概是 20 多年来，我做得最正确的一个决定。

六

我自然知道做一个精致的美女有哪些好处，但是将过多精力放在这个上面后，我就没法享受自己真正喜爱的事物了。

回想最初的自卑，是因为不知道自己的定位在哪。

我们的兴趣点在哪，就会成为什么样的人。并不是热爱打扮的女子就内心空虚，靠外表弥补内涵的不足，也不是疏于装扮的女子就内心粗糙，缺乏生活品位，只是大家关注的点不一样。

当然我并不是纵容自己做一个不修边幅的女人，起码我还是干净整齐，对得起社交的每一个人。

同一个人，不同年龄段的心理和外貌，也都是在不断变化的。青春活力的时候扮不来成熟优雅，年纪渐长的时候，也强撑不起那份活泼明艳。所谓做一个千变万化的女人，归根结底，还是做不同年龄段，不同修为阶层的自己。

现在的我依旧是个屌丝，只是我已经不自卑了。

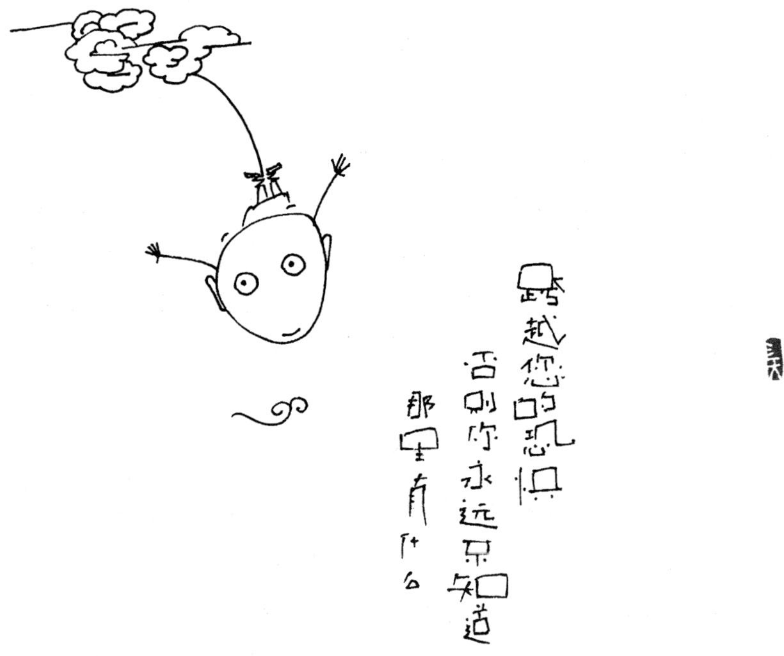

第五章

我没有你想的那么好

生活跟工作对我来说并没有明确的界限，把每一件事情做到让自己高兴了，就一定会收获我们想要的东西。我既是写作者，也是舞蹈老师，还是健身教练，有可能还会是一个不靠谱的导游，总之，喜欢就是行动。

别说老板不行，你牛自己创业去啊

一

Z和D是同一年来深圳的，我们曾在一家创业型公司共事过，彼此关系不错。

他们哥俩从小玩到大，是那种媳妇查岗能互相帮忙掩护的铁哥们。

那时作为在校实习生刚分到他们组，二人很照顾我。

虽然两个人都是单身狗，合租一套房，吃住上班全一起，连买个衣服都是同款不同色……阿西吧别误会！两人当然是百分百直男大帅哥。

我想说的是，虽然二人朝夕相处，感情浓厚（怎么感觉又不对了），居然没有夫妻相……哦不，是居然性格迥异。

二

新人初到，对公司最直观的印象应该来自于部门老前辈。

Z会很详细地跟我说明公司的各个注意事项，部门主要职责，我现在的工作需要学习掌握哪些技能，怎么跟其他部门沟通协调……

他最喜欢跟我说："慢慢来，你会有很多收获！"

D和Z是同级别的，只不过管理部门另一个专业领域的工作。

他没事就喜欢跟我八卦，不消两天我就被他普及了一遍部门各个同事的性格特征喜好。当然，还有公司附近哪家外卖最好吃最便宜……

有时候我遇到工作上的问题，很虔诚地请教他时，D总是眯着眼一脸不屑，啊呀其实没什么啦，你随便弄一下就好，反正老板也不懂专业的事儿，你做得好赖他不懂光会提门外汉的意见！

他最喜欢跟我说："慢慢来，你就会发现很多事儿啦！"

三

时间久了，我有工作上的疑问就会习惯了去问Z，他总是能正面积极地给我一些建议，而我也从中学到了很多东西。

D则会跟我讲很多公司的弊端，字里行间都透着对团队领导的不满。他骂老板格局太小，公司制度不完善没弹性、队友太猪、行业市场前景差……

虽然这两人性格不一，但是周末我们经常一起打球做饭吃，因为并不涉及实际的利益关系，我们倒是相处得很和谐。

不久后我结束实习回学校，后来听说D也离职了。

四

在我完成学业到参加工作的这几年间，我们一直断断续续都保持着联系。我也从中了解到彼此的生活现状。

当初不被D看好的那家创业公司，现在成了那个行业的巨头，听说快上市了。

D因为泄露公司资料给竞争对手，被迫离开了原公司，在后来这几年间换了很多次工作，偶尔看到他发个动态心情，也是对现在公司/老板的各种吐槽，或者抱怨自己时运不济、怀才不遇。

Z这几年一直留在了那家公司，他手下带着一批人，指南打北所向披靡，成为公司不可或缺的核心管理人物。偶尔露个面，也是谈论这行业各种新鲜事物，或者自己参加的哪个学习交流会之类，满满的正能量。

最近他告诉我，准备自己成立公司单干，是原行业的相关领域，正在筹划跟原来公司的老板合作。

五

像D的职场人特别多，他们多半有一些共同特征：

对自己的处境各种不满，认为问题的根源在于“自己太牛×，老板太傻×”；喜欢传递负能量，专注黑自己所在企业一百年；觉得自己很重要，把公司业绩意淫成自己的全部功劳；缺乏起码的敬畏心和感恩心，为了蝇头小利可以完全不讲原则；不想做小事，又没能力干大事。

D和Z虽然同一家公司，但是在前者眼里这家公司就是个前景一片黑暗，团队毫无智慧，问题重重的大坑。

他的看法不一定就全是错。作为创业型企业，制度流程方面肯定不够完善，在先求生存再图发展的情况下，有些公司甚至连定位和业务方向都会做出一定的调整。

位置不同，对管理和经营的理解自然不一样。

这种时候，员工很难把企业的难处当作自己的难处，把老板的梦想当作自己的梦想，那剩下的关系就很简单：他给钱，你做事。

毕竟，你还靠那点工资养家糊口，现在做的事情都是为了自己，而不是他。

当你的能力还不够成为制度的制定者时，那就遵循这个环境的制度，做好自己该做的事。老板不需要跟你做朋友，你也不需要做他的知己。

尊重这个交易关系的原则，就是尊重彼此。这是生存之道。

六

企业跟员工的关系挺像谈恋爱的：面试就是相亲，试用期就是相互磨合，合适就处，不合适就分。谁也没逼着你去选择这个被你满口埋怨的“渣”。

如果总是觉得自己处的“对象”太差，人前人后各种损，却没有勇气离开；或者换了新对象，还跟之前一样是你嘴里的“渣”，那多半是自己太差，找不到更好的，或者相处的矛盾点就在自己身上。

如果我们说的、做的一切并不是解决问题，而是制造问题，那你闲得蛋疼吗？

有小朋友跟我抱怨：“现在待的公司就是一盘散沙，老板不懂市场，没什么前景。”

听完我真想喷他一脸。

开玩笑，你现在靠什么付房租？你叫外卖的钱谁给的？你一个刚毕业没有任何经验的人谁给你平台和时间在成长的？

如果不是现在这个被你各种损的公司和老板，你靠什么活着跟我抱怨？

反问一下自己，如果你处在老板的位置：你资金有人家雄厚吗？你人脉会比他更广吗？你对市场的走向会比他更敏锐吗？你对同行业竞争对手的了解会比他更多吗？你能组建一支比现在更有凝聚力的团队吗？

如果不能，瞎指画什么呢。

你随意地对这行业这公司做判断和批评，人家的每一个决定却是担负着整个团队的生存。对自己的言行决策担负实际的责任，你一个只会嘴淫的人懂吗？

连老板都没当过的人，凭啥说人家不会当老板呢！

七

作为一个没有官二代富二代背景的普通人，抱怨社会不公世界太残酷人情太淡漠……实在没有什么卵用，难道你现在才知道吗？

虽然一无所有，起码你还剩下努力呀！

要么就做那个在别人规则下活得如鱼得水一帆风顺的人才，要么就跳脱出这个规则，成为自己世界规则的制定者。

既然无能为力，努力还有什么意义？

一

我有一个朋友，我叫他小安，因为他是一个特别喜欢安定的人。

小安来自三线城市的小镇，家里虽然不是富贵人家，但衣食无忧，读书的时候也没有囧到为生活费去做兼职。

总之，他前面二十几年的生活不够我说五句话。

这对很多人来说是幸运的，我从来不觉得平淡等同于乏味和不幸。假若谁能一生安安稳稳度过，一定是上辈子做了天大的好事。

小安也这么想。

二

上大学的时候，身边很多人在考各种证件，学外语，争取实习机会，为奖学金名额费尽心思。

小安不以为然。

是啊，毕业之后有几个人靠着这堆证件就获得了不错的工作，或者事业因此特别顺利的呢？

至于奖学金，全校那么多人，除掉那些校长主任老师的亲戚孩子，还有不少活儿好又懂拍马屁的主。

小安是个送礼都会脸红的人，他不屑干这种事。

还好，家里也没缺他这几个钱。

很多时候，没有关系没有背景，再多的努力也拼不过人家，不如索性断了念想，守住自己的一份平淡。

小安就是这么做的。

三

工作后，他去了一家中型企业，做设计类的活。

设计师这个工作，在很多公司就是做美工，客户让怎么做就怎么做，上司让怎么改就怎么改。小安不是一个有锐气的人，他用无限的耐心包容别人的每一次意见，不管对错，都接受。

这年头，给钱的就是大爷，即使你想法再好，不懂审美的甲方和领导一样枪毙你的稿件。所以，小安从来不会考虑怎么用自己的想法来打动和说服客户。

除去作品本身，在讲究关系的社会，还有价格、回扣、人情当道，哪里是他一个小小的设计师能左右的呢？

所以小安接受这种现实。

四

到了谈恋爱的年纪，他也和所有男生一样，遇到了愿意跟他一起吃苦奋斗的女孩。

他们合租，节省房租水电，自己做饭带到公司，一个星期下一次馆子，偶尔也周边郊游一下。谁的日子不是这么平平淡淡地过呢？

房价天高的今天，买房子就意味着极速下降的生活质量和无尽的压力，两个人在一起最重要的是健康快乐。

所以为了稍微高点工资的工作，或者不一定带来改变的平台，就放弃现在这个准点下班，安稳舒适的职位，并不一定就划算啊！

恋爱不一定要物质充沛才快乐，能齐心省着把日子过下去，也挺好的。

小安很满足自己的幸福。

五

有老客户找到他，做点私活吧！

谁也不会跟钱过不去，他开始用晚上和周末的时间做点事，但是很快发现，私活并不好做，价格不高还被各种挑剔，熬了几个晚上之后，他觉得身体吃不消，还是算了吧！

毕竟，比起钱来，健康更重要！

女友跟他商量，一起报个班学点东西吧！

可是……那得花钱啊！况且现在的很多培训各种水，而且好不容易有个周末，把时间排得满满的，一点私人空间都没有了。

要不还是算了吧？我们可以在家看书看视频啊。

最终小安还是什么都没学。

后来有朋友鼓动他，一起出来单干吧，总给人打工什么时候是个头。

小安激动了几个晚上，当老板是每个打工仔都有过的渴望啊。

但是他合计了一下成本、前期的各项开支，现有的储蓄，还有可能的无数风险，最终放弃了这个想法。

并不是每一个人都适合创业，何必把自己推到绝境呢？

六

如果生活就这么一如既往地过下去，小安还是那个幸福感满满的小安。

即使买不起房子，至少比睡天桥睡大街的人好；

虽然不能经常带着爱人吃奢侈大餐，但至少偶尔还可以吃几次川菜湘菜馆；

虽然买不起名贵衣服，但是淘宝上打折的真维斯也没少穿啊！

虽然没法在朋友圈晒巴黎纽约伦敦合影，但摘草莓拍向日葵的活动也总还是有的。

懂得知足，才是快乐的源泉。

七

坏就坏在，风险总是不给我们准备的时间。

小安的父亲这个时候病倒了，他是个孝顺的人，不可能放着自己的父亲不治病。

当医院的清单打出来的时候，他才发现自己几年的积蓄，不够父亲一个礼拜的住院费。

往日那些伪饰太平的幸福一下被打得七零八落。

他没法在辞职照顾父亲的同时，保持持续的收入，甚至辞职后自己的生活，连三个月都维持不了。

他四处借钱，才忽然发现，身边的人没几个经济能力强的。

长时间物以类聚的交际，把差不多阶层的人沉淀在了一个锅底。

他去找当年劝他一起创业的朋友，希望能借点钱周转一下。

在这几年间，他朋友创办的公司，已经初具规模，他说，当年创业的初衷是给自己流浪的空间，有能力让自己不身陷于柴米油盐的烦琐生活。

现在，即使出去游玩几个月，公司照常运营带来收益。

钱借到了，但是小安的自尊掉了一地。

小安的女朋友，把自己的工资卡拿给他，说，我的钱不多，都在里面。

小安感激地流下泪水，能与自己共患难的还是这个善良的好姑娘，自己没看错人。

但是女朋友接着说：我们分手吧！

她渴望的生活在更远处，而小安却一心一意地认为自己守住的就是最好的生活。

八

小安在心里痛骂朋友的不仗义，女友危机时候的抛弃，医疗体制的不完善，企业的不近人情，社会的冷漠无情。

眼泪一次次从小安的脸庞流过，但最终还是没有留住父亲枯萎的生命。

他想：

有再多的钱，父亲只怕也是要走的吧？

自己，还有什么努力的理由呢？

献给，所有努力为不努力找借口的人

把不喜欢的事情做好了才是真的牛啊

一

读书的时候，每次新学期课本发下来，我都会先看语文书，然后是美术，再然后是历史，生物，政治……数学是我最后看的。

你知道了，我喜欢文科，语文是我从来不用复习也能每次拿最高分的科目。

但是，我数学也真的很好啊。

因为，学校评三好学生，是要看综合成绩的。

我知道，我喜欢的科目一定会学得很好，反而是那些我不太喜欢的科目，需要很努力很认真地对待，因为它们才是我真正的弱点。

你可能会拿木桶原理来跟我说事，把它倾斜过来，利用最长板也可以装不少水啊。但是它会倒的，这才是最致命的。

迎难而上，这个难不是外界定义的难，而是我们所不喜欢的事情。

二

每年啃几本艰难的书。

这话是我读研的时候，一个老师跟我说的。那时候她让我把自己读过并且喜欢的书列个清单发给她看，结果我写下来清一色的文学历史艺术类，她在后面加了几部经济学、公共关系管理、哲学、宗教类的大部头，回给我。

她说：轻松愉快的书籍能让我们保持阅读的兴趣和心情，但是这些难啃的书能让我们抓住世界的本质。那个时候，我们是伸出脑袋在水面上看时间的，视野完全不一样。

可是，可是……

天啊，这些都是我平时最讨厌的书。

一开始我看得非常痛苦，可是后来越来越畅快，越来越轻松了。我想一开始我的不喜欢，只是因为我不了解它们，而了解的过程，需要耗费大量心神和脑力。

平时，我们都习惯了不用脑就能机械完成的事情。

或许，这才是不喜欢的本质。

三

从工作上来说，不喜欢的事情，能决定我们能走多远。

也许你知道自己做得还不够好，可是你不愿意承认这个真相，因为再往下做，就要跟我们不喜欢的事情打交道了。

以前我做过一段很短时间的影视策划，每次动笔前我都只会查阅资料，看甲方和广告公司给过来的物料，但是从来不会主动跟客户电话沟通。因为我讨厌跟人打交道，有时候电话过来了，我甚至让别人去接。

那时候，我的分镜头脚本能修改九遍，活活把自己抠字眼的功夫上升到了新高度。

我骂甲方太难伺候，但实际上带我的前辈跟对方聊了一通后，一稿就过了。

那时候我明白，挡在我们前进路上的，都是我们不喜欢的东西。

假如你是一个设计师，你喜欢这个工作，但是你又厌恶各种沟通和会议，那很长时间，你都只能作为一个执行别人想法的工具，这样的工作，熟练使用设计软件就够了。

我管它叫美工，只能称之为工，算不得师。

为什么我们很多人把爱好作为工作之后，就会产生厌恶感？

不是因为我们喜欢的事情变了，而是作为工作之后，我们必须跟它深交，跟它背后那些你不喜欢的事情打交道。

喜欢都是浅表的，只用跟它的优点打交道；

爱才是深入的，需要跟它的缺点相处。

我们有一百个理由去挑战更好的自己，却选择了第一百O一个放弃的理由：我不喜欢它。

难道，喜欢比进步更重要？

四

对不喜欢的人和事物，更需要认真从容的态度。

很多年前，我在图书馆对我同学说，我不喜欢余秋雨。说这话的时候，我手里拿着余秋雨的《文化苦旅》。

同学把余秋雨奉为自己偶像，对我的不喜欢表示很气愤，他讽刺我：你不喜欢还看人家的书。

是啊，因为不喜欢所以才要看，不然我怎么好告诉你，我为什么不喜欢。

当然，我才不会说，最近的阅读分析考试一直都是拿余秋雨文章做例题。

我不喜欢看电视剧，因为我觉得看多了人的智商会下降。可是很多人都喜欢看，闺蜜聚会时，大家聊的总也脱离不了时下热映的几部宫斗剧或穿越剧。

没有了解过，就没有发言权。

这是保持客观的基本方式。

所以我会去专门花个时间把她们喜欢的剧过一遍，它之所以热，必定是有它做得好的地方。就算不喜欢，知己知彼总不会错啊。

对所有自己的看不起，看不惯，看不懂的人或者事物，选择回避态度的，那是鸵鸟。

你的成熟与否，来自于看待自己不喜欢的人和事物的态度。

以前，我会闷着头把自己不喜欢的事情尽力做到最好，因为我不想让人家说，你不喜欢它，只是因为你没能力做好它；现在我对待自己不喜欢的事情，同样会努力，对待不喜欢的人，会更淡定。

因为，真正牛的人，可以把不喜欢的事情也做得很好啊！

我为什么不喜欢跟熟人做生意

一

中国人喜欢谈人情，出门在外也是讲究老乡帮衬，互相照顾生意。

那时候，人跟人之间，讲信用，认情义，所以生意从熟人开始，无可厚非。

但是现在信用跟情义都没了，熟人之间的生意，成了“占便宜”和“宰大猪”。

不幸的是，并不是每个人都养出了这样厚颜无耻的心理素质，不管作为甲方还是乙方，受伤的总是那些良心不够黑，脸皮不够厚的人，比如我（哎，一不小心又夸自己了）。

这种时候，我只能修炼出一双火眼金睛，尽可能地辨别，什么是真交易，什么是伪生意。

既然惹不起，我还不能躲着吗！

二

谈事之前，先攀交情的。

假如有个从前不怎么往来，忽然跟你联系并且各种热络的人，我们就一定要保持警惕了。一般来说，真正找我们做事的人，一定是在了解并且信任你专业的情况下，直接跟我们谈正事的。

为什么要谈人情，因为在这类人的概念里：

既然是熟人，大家有感情，你怎么好意思赚我钱？

不让你白干已经是很给面子了，当然得给我打折啊！

不好意思赚熟人钱是我们最大的弱点，这种人就是吃定你了。假如万一，你接了这种熟人的生意，就算一毛钱不赚，各种倒贴，还是会被吹毛求疵。

他们会觉得：看你是熟人才照顾你生意的！

就你那点成本，肯定没老少赚吧？

于是我们含着泪，咽下这单熟人生意，完事之后还各种赔不是，请吃饭喝茶表示感激衣食父母的照顾，送走这尊大神关上门之后，扇自己几耳光，只求以后再也不要这么傻。

昨天看到一个很好的朋友吐槽自己的遭遇，我特别感同身受。原话贴出来，你们自己感受一下：

有些人我不得不吐槽一下！身在福中不知福，我看你是我亲戚介绍来的，我给你套系打折，给你底片全送，饿着肚子花 6 个小时给你两个孩子拍室内室外景，花 4 个小时陪你选片，花 2 天时间给你修片排版，给你做 3 本相册入册 105 张，总共才收你 400 多块。

最后你因为屏幕与相册有色差而怨恨我，让我亲戚打好几次电话来找我，不好意思，材质不同媒介不同有些许色差是正常的好吗？

即便是手机屏幕和电脑屏幕看同一张相片也有色差的好吗？你是第一次拍照的吗？啰哩啰唆不停。在我们茂名这里这样的套系是 3699 元的好吗？

不好意思，下次你即使花 13699 我都不会为你服务了！你在我黑名单里了。

在我印象中，她是一个非常温柔有爱耐心的女孩，能说出这种话来，大概也是被这种“熟人生意”伤害不浅。

这里，也想拜托那些好心的“亲戚们”，不要介绍人来照顾生意了，因为这种抱着熟人就要打折或免单心态的人，我们真的招待不起。

而且这中间沟通出了任何不愉快，你哪边都不好受，何必为了别人，消费掉自己的面子呢？

能用钱解决的事，都不要用人情来替，大家都是做事的，不谈情。

三

做事的时候，强调人情的。

当甲方很憋屈的我，在做乙方的时候也各种怂。

当初办舞蹈学校，我找了自称“用最低价格做最好效果”的熟人帮忙，当然也是朋友好心推荐的。然后在整个做事过程中，他不断跟我强调：

我可是一分钱都没赚你的！

我每天忙到这么晚回去得打车呢！

我吃了这么多灰尘很辛苦呢！

我吃饭都是快餐营养不良呢！

搞得我一个劲低头哈腰赔不是，买烟送酒请吃饭，仿佛他性生活不和谐阳痿早泄都是我造成的，我特么成了罪大恶极的人！

我问材料清单费用成了不信任，我催促本就约好但是一再延误的工期成了不近人情，我希望按照自己喜好的风格装饰成了胡搅蛮缠……

总之，我简直不是人。

不管我说什么，都被那一句话顶回去：

我可是没赚你钱的，你还想怎样！

求你了，你赚我钱吧！我只想把事情做好。

到最后，我花了很高的代价，整出一坨屎一样的成果。因为碍着中间人的交情，最后我连抱怨都不敢，事后再花钱找人重新做。

这一次，找的是专业人士，前期沟通好所有问题，了解清楚需求，谈定工程价格和完工日期，然后屁事都不操心，就给我做好了。

四

不管你是我多么亲近的朋友，做事的时候，我相信的是你的专业，需要的也是你这种能力。

我们之间的人情，是建立在互赢基础上的。我相信你给我把事情干漂亮，不会花冤枉钱；你相信我，做完事情后，不会想方设法赖账或占便宜。

既然进入协作过程了，就拿出点敬业精神来，别谈人情。

不管是给熟人办事，还是让熟人办事，我更看重的是公平和专业。

如果你要跟我谈情，那咱这生意还是别做了。

一声谢谢，
也就放个屁的力气，你为啥不说？

一

平时生活中，我很喜欢帮助人，举手之劳的事儿而已。

因为经常在外跑，就有孩子问我，国庆节去哪玩儿比较好呢？国庆节去那当然都不好玩，我把她城市周边自然风光好，比较适合年轻人约会，人也不多的几个路线编好发给她，就差，画个地图了。

然后，她就没音了。

哎，我还忘记告诉她一个老店的手工米粉特别好吃呢！

前段时间，一面之缘的朋友托我帮忙找几个钢管舞演员，想拍一些 VR 视频，没有酬劳的。我有些为难，但是还是找了几个合适的人选推荐给他。前两次，因为他们之间沟通出现问题，他说没搞定，我在圈子里寻了一遍，又荐了几个人。

后来，他就没有回信了。

我怕又出问题，隔几天问：拍摄顺利吗？

半晌，他回我：已经拍完了。

我心里有点堵，做这点事并不费我多大力气，也就一个电话几条信息的功夫，可是感觉自己此刻就像用完被扔掉的姨妈巾。

没有人会对姨妈巾感恩戴德，即使它帮你解救过很多尴尬的场面。

可我是人，没吃过你饭，没刷过你卡，也没生过你，从这个立场上来说，没有人天经地义就该帮助你的，事后，难道不应该说一句“谢谢”吗？

至少，让我知道，我的善意有个着落的地儿。

我是个粗鲁的人，不喜欢客气，也讨厌文绉绉的用语，很多时候，我表达亲密的方式，就是爆粗话。

但是，这么多年，我唯一没有忘记老师教给的文明用语，就是“谢谢”。

二

不想帮就拒绝啊，何必这么作！

你可以骂我活该，可以骂我矫情，谁也不是为了那一句谢谢才去做事的，可是我还是想跟你说：

一声谢谢，也就放个屁的力气，你为啥不说？

刚参加工作的时候，我把做得一团糟的方案发给前辈，然后就不管了。结果可想而知，我被骂得很惨。那时候我还是个脸皮很薄的人，第一次被这么劈头盖脸地训斥，眼泪禁不住地流。

可是事后，我一边抽泣，一边认真地跟他说：“谢谢”。

别把自己都不满意的东西交给别人，是他教会我的。

我知道，从这一刻起的很多明天，我都会因为这顿训受益，我的感谢，是发自内心的。

不是委屈，不是抗议，不是彰显大度。

而是，真诚地感谢每一个让我成长的人。

三

一句谢谢，是对别人的尊重。

中秋节的时候出门，我打上车，坐上去第一句话就是：谢谢师傅，大过节的还为大伙做贡献。

这个师傅一愣，继而非常开心地跟我说：开了十几年车，第一次被乘客祝福，真是开心。开车拉客，本来就是他的工作，但是一声谢谢，会让我们做的每一件事都变得更快乐。

工作没有高低贵贱之分，但是人心有。

消费者从来不是上帝，我更愿意把每一次交易看成是一种合作，我们通过协作达到一个共同的目标，每一个参与的人，都值得被感谢。

四

在两个人的关系中，同样如此。

所有被爱过的人都是爱人，都值得被祝福，都应该感谢。

即使，我觉得我们要分手了。

嗯，谢谢你。

没有一段感情是单方面付出的，你的美好青春，同样也是别人一去不复返的光阴，这段共同的历程，是彼此相伴走过来的。

即使只是一段，即使最后分道扬镳，也没有谁对不住谁。

即使有过悲伤和泪水，那也是唯一的记忆。

漫漫人生，谢谢有过你的出现。

说谢谢，不是条件反射的文明，

是对这辈子在这个世界中有所交集的善意和珍惜。

你喝醉酒的样子，真的很难看

一

喝酒抽烟，原本是一种自主性的个人行为，现在成社交了，只剩社交了，还是一种低级社交。

李白一喝酒就会写诗，领导一喝酒，就爱唱歌。原来，风雅之事从古至今都有异曲同工之妙。

我喜欢的一个文字届大哥，只要一张嘴说“我昨晚又喝大了……”，我就默默合上了屏幕，因为他必定会写“你的私处像牡蛎般甜美”之类的文。

好好的一个人，偏偏要拿酒做道具，极尽丑态地表演给世人看。

二

我不论喝酒本身这个事，因为我自己偶尔也会喝一点，怎么能连着把自个一起骂进去了呢？何况谁年轻的时候没醉过，没醉过那还是青春吗？

但是喝醉这个事有点像个人隐私，应该是在非常安全放心、并且不会妨碍他人的情况下发生，是自己默认地让情绪有一个释放口。

而且，这种情况也是极少的，情绪本身只能自己掌控和消化，酒醉无益，什么苦恼醒了一样在，年纪越大的人，越懂这个道理。

三

作为一个成年人，放纵自己喝醉的样子，真是极其难看。

譬如喝醉后，诉说自己生活不易，抑郁不得志，又或者自己如何牛哄哄的这些行为，简直让人没脸站在对方旁边。

假若不幸这个醉酒后 loser 面目暴露无遗的人，恰好是你伴侣，当时一定会涌起无数个分手的念头。

撒酒疯，当街打滚尿尿，打架骂人，大声嚷嚷这种事儿就更不必说了，十几二十岁情有可原，但是三四十岁的人还让自己这么丢脸，就不是性情中人这么个说法了。

简单点说，你已经不年轻了，居然还用这么低级的方法来排遣自己情绪，不觉得没脸么?

四

别说醉酒后诉说衷肠的才是真爱。

那更多的是一种自我意淫式的情感绑架。一次两次可以看作是酒后吐真言，但每次酒后赞歌就不是吐真言，而是表演了。

这种千篇一律的表演，观演者已经无感了。

五

不醉没机会的话，更是当了婊子还要立牌坊。

假若一个女人只有喝醉了才肯跟你上床，一定是男人惨不忍睹不忍下口，又或者她想当婊子又不肯担恶名。

你看，我喝醉了，不知情，没有反抗能力，我是受害者，你得对我负责。

负责个屁哦，你连对自己身体负责的能力都没有，借着喝醉的由头把自己身体交代出去，完了还是白莲花一朵，也真是够贱啊！

至于男人，上了一个不清醒的女人，只能以禽兽论之，不在人类讨论范围内。

六

假若实在想喝醉，找个安全隐秘的地方，最好是自己家里，身边一定是最信任，而且不是被多次拉来给你收拾残局的人（谁都会累啊），在旁边陪你一起喝，喝完了你要哭要笑，关了家门谁也吵不到。

别在不熟悉的人面前喝醉，没有人喜欢你这个样子。

你说：老子爱谁谁，不喜欢拉倒。

好啊，喝醉了自己走回家去，钱包别给人掏了，也别被人睡了或者割了肾，啊？

有个愿意陪你醉，收拾残局的人，请务必万分珍惜。别用你的丑态，一次次透支消费掉这份情谊。

真的。

看了这么多鸡汤文，你怎么还是焦虑不安？

一

这几天，我都用以前的旧文充数，给自己放了个假。既不想写文，也没有任何兴趣看别人写的东西。

自媒体门槛很低，只要会打字按回车键的人，都可以自立门户，太多没有独立思考、追随大流的人，充斥其中。看一篇两篇就觉得很饱，再看，就有扼杀自己生命的罪恶感。

我觉得自己多半时间，也是在造这种垃圾。

稍微心安的是，我的影响力太小，而且多半是只顾自己嗨乐的主儿，不敢告诫别人什么人生大道理，或者教导人家什么是正确积极的人生书写方式。

有个外籍朋友说，你的人生阅历比同龄人丰富，可以好好写出来，teach 你的同龄人，我听完哈哈大笑，说他用错了词，顶多一个 show，而且每个人的境遇起点都不一样，没有什么可参照性。

二

我们每天都在消费的这些文章，多半是没什么阅历和积淀的人，不负责任地编出来的。

励志的主角，没法拿自己不太成功的人生说事，就塑造出有无数身份和色彩“我有一个朋友”怎样怎样怎样，没人会考证你的这个朋友是否真实存在，现今生活质量如何，反正大家都是瞎编的么。

要骂人了，也可以编出无数个“loser”和“bitch”，如何不要脸或者不思进取，映照出我们这群 low 逼的人生，居然也有那么一点成功正面的光彩，这就够了，管它是不是这样呢？

20 多岁的人，工作经历就那么几年，要教导刚入职场的新人都不够，更别提写出某一行业有点深度的文字。

怎么办？那就只能写写自己的童年伤痛，爱情失意，友谊撕逼，或者工作中遇到的贱人等等。

哪怕是这些，也还不够写呢！

那怎么办？只好瞎编了。成天盯着那些十万加的大号，去编一些子虚乌有的案例，讲一些狗屁不通的人生大道理，打了鸡血一样告诉人要力争成为上游精英人士，或者做用一支口红打遍天下战无不胜的女权金刚。

可惜，有很多大号只是在玩游戏，这是群体低智商时代的盛宴，而且他们已经玩透玩腻了，而我们大多数人，还在模仿，每天逼着自己写 3000 字，以为这就是进入精英圈层的努力方向。

三

有很多一开始认真写文的普通人，开始出书接广告了。于是乎，瞬间成为名人的脑袋，一下子晕了，辞掉工作，游历各城，周旋于餐桌宴会之中。

再看往后写的文，全是干巴巴的稻草。

要知道正是我们在学校、在职场、在生活中鲜血淋漓的这点经历，才让写出来的每个文字都有了灵魂，这样急巴巴透支自己之后，不想着充电或改变，反倒一门心思做起了当畅销作家的美梦，往后漫长的人生怎么过呀。

不管文字里面的人如何逆袭或者获得内心平静，都是别人的生活，丝毫拯救不了我们不安分的灵魂。

你每天花了三分之一的时间来抱怨生活，焦虑自己的明天，再用三分之一的时间来消费别人的垃圾文字成功案例，还剩三分之一的时间，来放纵自己食欲色欲懒散，所以至今没法获得安宁。

毕竟，全世界的人好像都在变得更好更健康，只有自己还在惶惑迷茫，这种被群体抛弃的感觉真让人恐慌啊。

别怕，我今天负责任地告诉你，跟你一样的人很多很多，大家都在撒谎。

写文的人，有些是为了释放自己的不安，但更多人是在制造不安。

这篇垃圾文用了这么多口舌，其实只想说明一个道理，别指望公号文可以拯救你腐朽的身体和灵魂，你应该拖着一肚子屎的身体，去跑步了！

我爱城市的这份冷漠

一

朋友在家乡的小镇工作生活，一切顺顺利利。

但是结婚那天，她的新郎逃婚了。

原因太多，也可能很简单，但是我没兴趣知道，也不觉得这是多么重大的一件事。婚礼当天当逃兵的又不是只有她未婚夫。

可是在她的小镇，这成了爆炸性新闻。

每一个知道的人都会向不太清楚的人，绘声绘色地描述当天的情况，于是又一个充满同情心的人，劝慰我那女友，再咬牙切齿地骂上几声男人，表示跟她统一战线。

女友本就千疮百孔的心，被这些善意打得七零八落。她最终不堪重负，辞掉工作，逃了出来。

坐在咖啡馆，她眼泪一把把流，堆积在桌上的纸巾像一座小山。中间服务员只是过来收了几次垃圾，然后又把新的纸巾放过来。

我默默地陪坐着，既不想问，也懒得劝，只是偶尔给她添上热水。

等她痛快淋漓地哭完后，突然抬头跟我说：

大城市的人真冷漠！

不过，我爱极了这份冷漠。

我会心地笑了。

可不是，这份冷漠，给了每个人足够的自愈时间和自由。

刚来到城市的时候,看到每一个人都恪守自己生活空间的独立性，我感觉非常诧异。在这之前，我都是自觉或不自觉地被迫接受别人的善意，或者以关心的名义扮演侵入对方的角色。

没错，我用的是侵入这个词。

并不是所有的关心都是好的，很多时候我们的关心，甚至可能是对当事人的伤害。而大城市这种旁观者式的冷漠，让我感到无比的安全和自在。

二

你的伤感，城市从不安慰。

在酒吧买醉的人多了去，在公园一角痛哭的人每天都会有。走在大马路上泪雨纷飞，妆容残破的女子也不少，缩在出租房里咬着被角挨过那一阵阵锥心的疼痛时刻，你我都曾有过。

当我也经历了这些时，我变成了城市冷漠的一分子，默默退出来，给悲伤一个静默的空间，不去打扰，才是最好的。城市不屑去安慰任何人。

因为它懂得，每一个人生活都是不易的，你的喜怒哀怨在它的眼里再正常不过。而你正在经历的这些煎熬最终都会过去，但它需要我们用一段时间，学会独自消化。

三

你是什么人，城市并不关心。

不管你是穿着短裤拖鞋，拿着从便利店买过来的半价便当，坐在市中心公共休息长椅上狼吞虎咽，还是西装革履，拎着电脑包来去匆匆的商务精英，没人会多看你一眼。

既不会有人指指点点你的落魄或不修边幅，也没人会仰慕巴结你的精致考究或得志。

在这份冷漠里，你没有自己想象的那么重要，也无须时时刻刻担忧自己的言行举止。

初来深圳的时候，有人跟我说，你走在大街上，随便碰到一个穿着裤衩背心的普通人，他可能就身价过亿。

在这里，没人需要标榜自己的身份，也用不着那些虚假的东西来证明自己的存在。

在这里，城市对所有人一视同仁。

四

你想去做谁，城市并不阻碍。

衣履下覆盖着怎样的灵魂，工作中扮演什么样的角色，情感中有怎么样的惶惑跟混乱，都是我们自己的事情，这种最大程度的自由，给了每个人无限的可能。

在这里，理发工不叫理发工，而是受人尊敬的发型设计师，一无所有的贫家子弟也可以做到开枝散叶，独立创业；你的劳动都会受到尊重，你的生活也会因为努力而获得成正比的改变。

哪怕你想去当活儿最好的小姐，也没人逼着你上吊投水。不管你想做什么样的人，只要在法律规则之类（允许嫖娼是迟早的事儿），没有人会指责或阻碍你。

正是它的这种冷漠给了我足够的包容空间，去思考到成为一个怎样的自己，在它的眼里，没有一个人是异类。

我们都曾歇斯底里地渴望得到关爱，获得理解，甚至恨不能将自己此生过往都托付交代给某个人，但实际这种泛滥式的亲近和渴望亲近，只会破坏这份陌生感和安全距离。

正是因为城市的冷漠，让克制的温情，显得弥足珍贵。也让我懂得，如何辨别什么才是真正重要和需求的，懂得如何有节制地付出自己的情感，以一种别人最舒适的状态。

愿你我在这个薄凉的世界里，冷漠又深情地相爱。

对不起，我不想加班

一

我去面试一家很知名的大企业，抱着掂量自己市场价值的目的。

简历和作品是精心准备的，企业文化和岗位需求也是下足了功夫研究的，现场考核很轻松地过关。

第三次复试后，区域负责人笑眯眯地坐下来，跟我说，准备过来上班吧！

他们开出的薪水，足够让几年都没朝九晚五的我，动了背叛之心，钱多好啊，创业什么玩意的叫人心累身体痿，都滚一边去吧！

大家和和睦睦的，进入最后很轻松的“闲聊环节”。作为将来的直接上司，他跟我扯到了加班问题。

我也不是刚毕业的小孩，当然知道大多数时候不可避免的加班是需要积极面对的。可是，他接下来又说，其实我们的工作也不是那么多，只不过现在国内市场刚开始做，怎么着也有个态度。大家没事也是待到八九点才回家的，你也要遵循这个不成文的规矩。

我，呃……

他继续，我也是成家有小孩的人，当然知道私人时间和生活的重要性，不过说实话，你们年轻人，就算早回去两三个小时，也是白白浪费掉的。

我点点头，嗯。

二

然后，我就再也没去过那家公司了。

大企业固然是大企业，薪资固然是高，福利待遇固然是不错，但是一个区域经理居然提出这种“加班论”，我估摸着很难跟这样的团队和谐相处。

因为他说的加班，是做出来姿态，而不是真正价值的产生，有事没事，请多加加班，反正你闲着也是闲着。

这个理论实在太扯蛋，我都无力吐槽。

不过作为创过业的人，我表示很心疼没有任何价值产生的加班行为，空调电器都得开着，很耗钱啊，那特么都是钱啊！

三

除非家里有不愿面对的人或事，要不就是天冷了还没装暖气，否则所有的人，都不喜欢在公司熬夜加班，你同意吗？

说起这个，是因为我刚看到中传老师的动态里面，提到拍摄组的同学，通宵达旦地在学习。我心里咯噔一响，因为后续也有这个打算去中传学习，但是我没有通宵学习的打算和心理准备。

更可怕的是，大家好像都在表彰这种熬夜加班学习法。

记得刚从电视台出来的时候，我到了深圳一家影视公司，本想做前期创作这块的工作，但是这家公司事多人少，听说我会剪辑，立马拉到后期制作组，跟浩瀚的素材库打交道。

那些刚拍出来，没有经过任何处理的片子，我们管它叫毛片，跟香艳刺激的毛片是没有任何关系的。

十几个小时甚至几十个小时的片子，我得过一遍，并且从里面挑出最合适的，粗剪出整个影片大结构来。

我手脚快，不喜欢拖沓，赶在下班前做完了，起身准备走的时候，发现制作部的人都在慢悠悠地喝咖啡，叫外卖，一副要把牢底……哦，要把办公室坐穿的模样。

我走到门口的时候，有个好心的同事拦住我，使眼色说，项目经理都还在加班呢，你还是晚一点走吧？

我把书包往肩上一甩，豪迈地说，姐工作早做完了，加个毛线班？不过，这个画面是现在的我意淫出来的，那时作为新人的我，即使有这样的觉悟，也没这种胆量。

我委委屈屈坐回卡座，把公司片库打开，看看以往案例吧！

心里却在计算，一分钟，十分钟，半个小时，两个小时……天啊，再晚一点，我回去的那趟车就该没了。

你知道我住多远吗？就这点屁工资，打个车算下来我今天就白干了啊。别指责一个老是算钱的年轻人，你的情怀理想，在当时的我眼里抵不过一块牛排。当我手里什么都没有的时候，我只会抓住我看得到的实际利益。

那天之后，我就动了想走的念头，因为我难以接受熬夜加班，不是因为身体受不住，而是觉得，为不喜欢且没有任何价值的事情熬夜，我很难撑下去。

没多久我跳槽到这行业里边很知名的一家大企业，也如愿以偿地做起了前期创意策划的工作。还待得挺享受的，因为我收获非常大。

你问，是不是加班很少了？

不，那时候我把牙膏牙刷甚至洗浴用品都搬到了办公室，吃住几乎都在那一小方格之间，没人要求我那么多，但是我的工作能力要求我这么做。

我加班加得无怨无悔，而且都是为了每一个实实在在的项目。后来老大看不下去，强行勒令我回家休息一个星期。

在家的时候，我还挂念自己在做的事，洗澡都会忍不住把旁白和字幕咀嚼一遍又一遍。

原来我也愿意加班，只要为自己喜欢的事情。

四

后来，我发现自己不用加班了。

工作经验的积累，意味着模式化的产生，也意味着效率的提高。我越来越少加班，其实白天做出来的东西跟晚上做出来都一样，不存在夜间灵感更好一说，那多半是拖延症的借口。

等自己时间开始自由之后，我干活的效率更高了。但还是有太多的人，被加班熬夜这种勤奋的假象所迷惑，甚至用它作为工作含金量高低的衡量标准。

我用几个小时给一个客户写完方案，他说要得很急，要赶着提案用，结果到付款的时候就不急了，原因是：我找别人，得好几天甚至半个月才做出来，你做这么快，肯定不好。

你脑子被驴踢了吗？好不好你看不出来，要用做工时间判断？行啊，下次我给你写个用半年时间酝酿出的方案吧！

效率高，其实意味着对这份工作的重视。

我把这个活儿放在所有事情的首位，不需要去大吃一餐，去唱个歌，去放纵一次，去看会垃圾片……这些仪式来做前期酝酿，这些都是我干完活之后的事。

所以，从来都是我赶着工作，而不是工作赶着我。

编辑第一次跟我约稿的时候，担忧地说，你尽量准时吧，我被人拖稿拖怕了。实际上我从来没有拖延过任何稿件，每次都会赶在约定时间之前做完，留足修改精进的余地。

因为，我不想加班。

我的时间，虽然没有用来拯救地球，但哪怕是坐沙发上抠脚丫子，我也乐意呀，虽然现在我也经常熬夜，那也仅限于失眠，而不是为了完成拖延症遗留下来的工作问题。

五

如果，没有了无所事事的休息时间，我真想不出工作还有什么乐趣。就好像，天天睡在办公室，生活工作完全混乱了界限一般，叫人绝望。

这也是为什么那么多自由职业者，放着安安静静的书房不愿意用，非得去咖啡馆泡一天，不是为了装情调，而是把工作和生活的界限，稍微分一分。

而加班，也应该是有价值、有效率的付出，并且是为你喜欢的事情。

不过，如果加多了，我猜迟早也会变成你不喜欢的事儿吧！

所以，今天我不想加班，这会加紧干活吧！

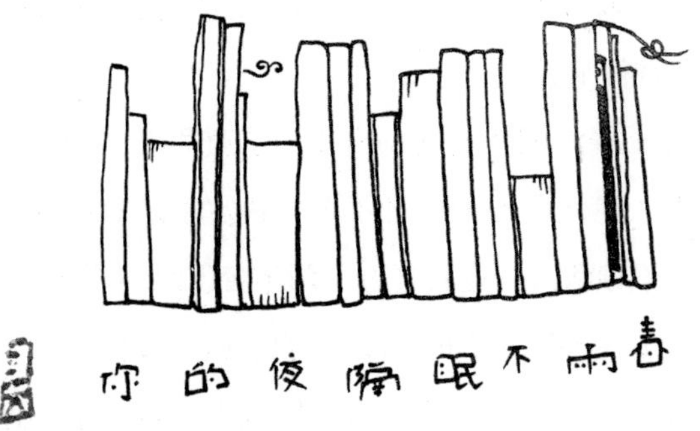

有一种复仇，叫等我有钱了

同学聚会的时候，有人说起了以前那些秀恩爱秀得要死，现在却不在一起的情侣们。

大家都了解这种心理，听别人的故事，尤其是比自己惨的故事，是一件怎么都叫人身心愉悦的事情。

故事里面的主角们，中学就在一起谈恋爱，花式虐狗一万招，招招不重复；

大学还是腻歪在一起，你侬我侬；毕业同居两年后，却结束了漫长的恋爱长跑。

听说理由无非就是双方家庭背景、经济基础不同，为了孩子好的父母跑出来各种阻挠，最终棒打鸳鸯。

按理说，双方也是收割了一段挺美好的初恋，以后大家各自珍重，好好过日子就行了。

但是处于经济弱势的那一方（为了避免大家把问题上升到男女对立的高度上，我就不说谁谁谁了），认定了是对方嫌贫爱富，狠心抛弃自己，全不顾两人毕业后也过了两年苦巴巴的同居日子。

于是自认为受害者的一方，开启了疯狂复仇模式，手段是，让自己变成有钱人。几年后卧薪尝胆的复仇人开着豪车，把自己打扮得各种高端大气上档次，出现在对方面前，撩啊撩啊撩啊……

撩到手了，再拿钱狠狠砸人家脸上，叫这个当初嫌弃自己穷的家伙死远点。对了，最后还没忘记把钱捡起来，那可不是给丫的。

哎哟，这叫一个老套，绝对是电视剧里面才有的狗血情节。我嗤之以鼻，肯定是瞎编的。

跟大丫说起这个笑话时，她拿手肘顶我，说这多正常啊。

前几天，曾经追求她而不得的工厂屌丝男，现在开着车过来请她喝茶，告诉她自己现在当了老板，房子也买了好几套。

这绝逼不是念念不忘旧情，而是想让大丫心生懊悔，听说你们夫妇俩现在都还是打工的吧？看老子现在多么酷炫狂拽，后悔当初拒绝我了吧？

我问大丫，你后悔了没呀？

大丫抿嘴一笑，我后悔居然跟他去喝茶了。

有些人即使再有钱，当初让人讨厌的地方，现在依旧讨厌，绝不会因为有钱了就变得可亲起来。

而且，那个你以为后悔没选择自己的人，现在依旧过得多姿多彩，你眼瞎啊？

除去两个人之间这种用钱复仇的，还有诸如贫家子弟在外发家致富，几年后衣锦还乡，让一帮当初狗眼看人低的亲戚后悔莫及呀；

再不就是努力工作，买车买房向父母证明，当初他们重男轻女或者重女轻男是如何如何的错误呀……

感情这么些年，自己的努力就为了这一刻的耀武扬威，自己掌握足够多的物质，就自然底气十足万丈豪情……

醒醒吧，别人的生活，不会因为你的落魄不堪就更好，可也不会因为你的丰衣足食，就活不下去。说句实话，你过得好不好，跟人家屁关系呀！

有一位女同学，不知道哪里弄来我的联系方式，费尽周折就为了告诉我，她现在过得很幸福，并没有像当初我劝诫的那样：中学时候就谈恋爱甚至辍学，不会有好结果的。

我真是想破脑袋也记不起这档子事儿了，跟当初的早恋对象修成正果，儿女可爱健康，不是挺好的吗？即使当时我真说了这样的话，也无非说明当时我没眼力见儿，看错了呀。

这跟用钱证明，当初看不起你的人看走眼了，还真是一个心理。

如果，你想复仇或者证明对方错了的理由，都不成立了，人家压根不记得了，你获得的财富或者幸福，还踏实不？

如果踏实，那就好好过自己的日子，没必要在人家面前显摆，如果不踏实，那你真是不幸，我还是想同情你。

因为这样肤浅的骄傲，不堪一击，是让人看不起的。

在成长的道路上，谁也不是一帆风顺的，你被人瞧不起或者你曾经瞧不起谁，都是多正常的事。如果毕生的努力，就是为了让瞧不起你的人知道，他们当初看走眼了，那得多没劲儿。

因为还有更高处的人，看不起你呢。站在山脚下的人，跟在山顶上的人一样，在对方眼里都是很渺小的。

那一刻的不被承认，或许能激发你的斗志，去做比现在更好的自己。等到你真的变得比以前好了，你可能也不会在意当初受的委屈了，更不曾想，从那些给你施加委屈的人身上，获得认可和快感。

因为，依旧被那些过往遥控着快乐的人，怎么算得上变好了呢？

相反，变得更好的你，会记得一路给予自己帮助的人，那些人从不指望着你有一天重金回报他们。

同样，你睁眼看看，身边那几个真心待你的朋友，可是因为你现在有钱了，才愿意跟你结识，从心底里看重你的？

真正的复仇，是忘了它们，过好你的每一天。

写在最后

感谢你能读到这里，假如这本书让你失望了，我很抱歉，我没有你期待得那么好。如果你曾在某一瞬间，有过一丝触动或思考，那就算这些字存在的意义吧！

我一直很羞愧，在自己修炼得还不够好的时候，就把这样的半成品拿出来给各位，让你们为一个伪文青的自我意淫买单，都是满满的爱呀。

现在是感恩时间，嗯，认真点。

感谢王新宽老师提供的插画，非常赞。

感谢中国文史出版社卜老师对我的鼓励和支持，感谢每一位，陪伴我走在路上的亲人和朋友，你们是我最大的力量！

路很长，希望走到后面，还能再看见你。

欧阳十三

写于 2016 年最后一天